U0111687

大展好書　好書大展
品嘗好書　冠群可期

大展好書　好書大展
品嘗好書　冠群可期

語文特輯3

日本話
無師自通

蔡 依 穎／主編

大展出版社有限公司

前　言

　　社會經濟的突飛猛晉，與世界各國的交流與發展也與日俱增。特別是注重休閒旅遊的今天，出國旅遊遇到最大的障礙就是語言問題。

　　考慮到每年有龐大的台灣人赴日本旅遊，其中不懂日語者其數不少，為了幫助這些人能夠在很短的時間內熟悉一些常用日語，我們摒棄了以複雜詞法和語法為舖陳的傳統學習法。以「開口就會說」的指導原則，書中每句話都有中文諧音標注，從基本單字開始，真正做到「簡單、實用，一學就會」讀者可隨興所至，去尋找「應急」用語，而可以「出口成章」。

　　儘管這種用中文標注日文讀音的方式，其科學性及準確性值得商榷，但從幫助不精通或根本不懂日文的人來說，可謂是「即時雨」，其意義及目的還是有一定的提示作用。

　　編者才疏學淺，在內容及編排上恐有不妥或謬誤之處，尚祈各界先進及讀者指教，無任感激。

主編者

目　　錄

第三章　會　話

清　音												鼻音
行 字音 列		ア行 (a)	カ行 (k)	サ行 (s)	タ行 (t)	ナ行 (n)	ハ行 (h)	マ行 (m)	ヤ行 (y)	ラ行 (r)	ワ行 (w)	
ア段 (a)	片假名 國　音 羅馬字 平假名	ア 阿 a あ	カ 卡 ka か	サ 薩 sa さ	タ 他 ta た	ナ 納 na な	ハ 哈 ha は	マ 馬 ma ま	ヤ 呀 ya や	ラ 拉 ra ら	ワ 娃 wa わ	ン 恩 ng ん
イ段 (i)	片假名 國　音 羅馬字 平假名	イ* 伊 i い	キ 克伊 ki き	シ 西 shi し	チ 基 thi ち	ニ 泥 ni に	ヒ 黑伊 hi ひ	ミ 米 mi み	イ* 伊 i い	リ 利 ri り	ヰ* 伊 i ゐ	
ウ段 (u)	片假名 國　音 羅馬字 平假名	ウ* 烏 u う	ク 庫 ku く	ス 斯 su す	ツ 資 tsu つ	ヌ 奴 nu ぬ	フ 呼 hu ふ	ム 慕 mu む	ユ 油 yu ゆ	ル 魯 ru る	ウ* 烏 u う	
エ段 (e)	片假名 國　音 羅馬字 平假名	エ* 唉 e え	ケ 開 ke け	セ 謝 se せ	テ 帖 te て	ネ 內 ne ね	ヘ 黑 he へ	メ 妹 me め	エ* 唉 e え	レ 雷 re れ	ヱ* 哀 e ゑ	
オ段 (o)	片假名 國　音 羅馬字 平假名	オ 歐 o お	コ 寇 ko こ	ソ 叟 so そ	ト 偷 to と	ノ 諾 no の	ホ 后 ho ほ	モ 某 mo も	ヨ 有 yo よ	ロ 洛 ro ろ	ヲ× 歐 o を	

第一章　發　音

一　清音、鼻音

　　清音共有五十個字，然而由於ヤ行的「イ」、「エ」和ワ行的「ウ」三字與ア行的「イ」、「ウ」、「エ」相同；ワ行的「ヰ」、「ヱ」與ア行的「イ」、「エ」亦同者，所以實際上只有四十五字。

　　鼻音只有「ン」一字，此字必須附在其他字母之下連用，其音由鼻孔出，故為鼻音。

＊【表註一】「ア」行的イ、エ，「ヤ」行的イ、エ，與
　　　　　　「ワ」行的ヰ、ヱ其音相同。

×【表註二】「ア」行的ウ、オ與「ワ」行的ワ、ヲ其音
　　　　　　相同。

　【表註三】符號說明：「∨」短音
　　　　　　　　　　　　「——」長音
　　　　　　　　　　　　「—」連音（字下畫線）

二 濁音、半濁音

　　カサタハ四行二十字原屬清音，但在該字母右上角加上兩點如ガザダバ就變成濁音。半濁音只有五個字，是「ハ」行的每個字右上角各加一個小圈。

【表註一】「ザ」行的ジ、與「ダ」行的ヂ其音相同。
【表註二】「ザ」行的ズ、與「ダ」行的ヅ其音相同。

		濁 音				半濁音
列 字音 行		ガ行(g)	ザ行(z)	ダ行(d)	バ行(b)	パ行(p)
ア段(a)	片假名國 音羅馬字平假名	ガ嘎ga が	ザ雜za ざ	ダ達da だ	バ吧ba ば	パ帕pa ぱ
イ段(i)	片假名國 音羅馬字平假名	ギ哥伊gi ぎ	ジ集zi じ	ヂ集ji ぢ	ビ比bi び	ピ僻pi ぴ
ウ段(u)	片假名國 音羅馬字平假名	グ骨gu ぐ	ズ知zu ず	ヅ知zu づ	ブ不bu ぶ	プ舗pu ぷ
エ段(e)	片假名國 音羅馬字平假名	ゲ給ge げ	ゼ賊ze ぜ	デ跌de で	ベ杯be べ	ペ佩pe ぺ
オ段(o)	片假名國 音羅馬字平假名	ゴ勾go ご	ゾ濁zo ぞ	ド豆do ど	ボ薄bo ぼ	ポ破po ぽ

第二章　單　字

一　數字、數量

<ruby>一<rt>いち</rt></ruby>	伊基	<ruby>十五<rt>じゅうご</rt></ruby>	<u>集烏</u>－勾
<ruby>二<rt>に</rt></ruby>	泥	<ruby>十六<rt>じゅうろく</rt></ruby>	<u>集烏</u>－洛庫
<ruby>三<rt>さん</rt></ruby>	<u>薩恩</u>	<ruby>十七<rt>じゅうなな</rt></ruby>	<u>集烏</u>－納納
<ruby>四<rt>し、よん</rt></ruby>	西、<u>有恩</u>	<ruby>十八<rt>じゅうはち</rt></ruby>	<u>集烏</u>－哈基
<ruby>五<rt>ご</rt></ruby>	勾	<ruby>十九<rt>じゅうきゅう</rt></ruby>	<u>集烏</u>－克烏
<ruby>六<rt>ろく</rt></ruby>	洛庫	<ruby>二十<rt>にじゅう</rt></ruby>	泥－<u>集烏</u>
<ruby>七<rt>しち.なな</rt></ruby>	西基、納納	<ruby>三十<rt>さんじゅう</rt></ruby>	桑－<u>集烏</u>
<ruby>八<rt>はち</rt></ruby>	哈基	<ruby>四十<rt>よんじゅう</rt></ruby>	有恩－<u>集烏</u>
<ruby>九<rt>く.きゅう</rt></ruby>	庫、克烏	<ruby>五十<rt>ごじゅう</rt></ruby>	勾－<u>集烏</u>
<ruby>十<rt>じゅう</rt></ruby>	<u>集烏</u>－	<ruby>六十<rt>ろくじゅう</rt></ruby>	洛庫－<u>集烏</u>
<ruby>十一<rt>じゅういち</rt></ruby>	<u>集烏</u>－伊基	<ruby>七十<rt>ななじゅう</rt></ruby>	納納－<u>集烏</u>
<ruby>十二<rt>じゅうに</rt></ruby>	<u>集烏</u>－泥	<ruby>八十<rt>はちじゅう</rt></ruby>	哈基－<u>集烏</u>
<ruby>十三<rt>じゅうさん</rt></ruby>	<u>集烏</u>－桑	<ruby>九十<rt>きゅうじゅう</rt></ruby>	克烏－<u>集烏</u>
<ruby>十四<rt>じゅうし</rt></ruby>	<u>集烏</u>－西		

百	百（ひゃく）	黑呀庫
一千	一千（いっせん）	伊∨一謝恩
一萬	一万（いちまん）	伊基曼
十萬	十万（じゅうまん）	集烏曼
百萬	百万（ひゃくまん）	黑呀庫曼
千萬	千万（せんまん）	謝恩曼
億	億（おく）	歐庫
十億	十億（じゅうおく）	集烏歐庫
兆	兆（ちょう）	囚∨烏
一個	一つ（ひと）	黑伊豆資
兩個	兩つ（ふた）	呼他資
三個	三つ（みっ）	米∨資
四個	四つ（よっ）	有∨資

五個	五<ruby>つ<rt>いっ</rt></ruby>	伊資資
六個	六つ（むっ）	母烏∨資
七個	七つ（なな）	納納資
八個	八つ（やっ）	呀∨資
九個	九つ（ここの）	寇寇諾資
十個	十（とお）	豆歐
一支	一本（いっぽん）	伊∨破恩
兩支	兩本（にほん）	泥后恩
三支	三本（さんぼん）	薩恩　薄恩
四支	四本（よんほん）	有恩　后恩
五支	五本（ごほん）	勾后恩
六支	六本（ろっぽん）	洛∨破恩
七支	七本（ななほん）	納納后恩

八支	八本 <small>はっぽん</small>	哈∨破恩
九支	九本 <small>きゅうほん</small>	庫后恩
十支	十本 <small>じゅっぽん</small>	集∨破恩
一張	一枚 <small>いちまい</small>	伊基馬伊
一本	一冊 <small>いちさつ</small>	伊∨薩資
一套	一組 <small>ひとくみ</small>	黒伊豆庫米
一杯	一杯 <small>いっぱい</small>	伊∨拍伊
一雙	一足 <small>いっそく</small>	伊∨叟庫
很多	沢山 <small>たくさん</small>	他庫薩恩
一點兒	少し <small>すこ</small>	斯寇西
單數	奇數 <small>きすう</small>	克伊斯烏
雙數	偶數 <small>ぐうすう</small>	哥烏斯烏
共計	合計 <small>ごうけい</small>	哥烏開伊

二　天文、地理

天	天（てい）	帖恩
地	地（ち）	基
天空	空（そら）	叟拉
太陽	太陽（たいよう）	他伊約烏
月	月（つき）	資克伊
新月	三日月（みかづき）	米卡資克伊
圓月	滿月（まんげつ）	馬恩哥唉資
月暈	月暈（つきかさ）	資克伊卡薩
月蝕	月蝕（げっしょく）	哥唉∨西約庫
殘月	有明月（ありあかつき）	阿利阿卡資克伊
日蝕	日蝕（にっしょく）	泥∨西約庫
星	星（ほし）	后西
金星	金星（きんせん）	克恩 謝恩

恆星	恒星 こうせい	寇烏謝伊
衛星	衛星 えいせい	唉伊謝伊
流星	流星 ながれぼし	納嘎雷薄西
天河	天河 あまのがわ	阿馬諾嘎娃
木星	木星 もくせい	某庫謝伊
火星	火星 かせい	卡謝伊
水星	水星 すいせい	斯伊謝伊
土星	土星 どせい	豆謝伊
風	風 かぜ	卡賊
東風	東風 ひがしかぜ	<u>黑伊</u>嘎西卡賊
南風	南風 みなみかぜ	米納米卡賊
西風	西風 にしかぜ	泥西卡賊
北風	北風 きたかぜ	<u>克伊</u>他卡賊
大風	大風 おおかぜ	歐烏卡賊

微風	微風 （そよかぜ）	叟有卡賊
颱風	台風 （たいふう）	他伊夫烏
暴風	暴風 （ぼうふう）	薄烏夫烏
暴風雨	嵐 （あらし）	阿拉西
豪雨	豪雨 （ごうう）	勾烏
雨量	雨量 （うりょう）	烏利有
雨	雨 （あめ）	阿妹
大雨	大雨 （おおあめ）	歐烏阿妹
小雨	小雨 （こさめ）	寇薩妹
雪	雪 （ゆき）	油克伊
大風雪	吹雪 （ふぶき）	呼不克伊
子午線	子午線 （しごせん）	西勾謝恩
雲	雲 （くも）	庫某
虹	虹 （にじ）	泥集

霧	霧（きり）	克伊利
露	露（つゆ）	資油
霜	霜（しも）	西某
雷	雷（かみなり）	卡米納利
閃電	稲光（いなびかり）	伊納比卡利
冰	冰（こおり）	寇歐利
水	水（みず）	米知
池塘	池（いけ）	伊開
河	川（かわ）	卡娃
海	海（うみ）	烏米
湖	湖（みずうみ）	米知烏米
波浪	波（なみ）	納米
陸地	陸（りく）	利庫
土地	土地（とち）	偷基

平地	平地 <small>へい ち</small>	黑伊基
火山	火山 <small>か ざん</small>	卡雜恩
平原	原 <small>はら</small>	哈拉
大陸	大陸 <small>たいりく</small>	他伊利庫
山	山 <small>やま</small>	呀馬
山地	山地 <small>さん ち</small>	薩恩基
山麓	ふもと	呼某偸
盆地	盆地 <small>ぼん ち</small>	薄恩基
丘陵	丘 <small>おか</small>	歐卡
島	島 <small>しま</small>	西馬
森林	森 <small>もり</small>	某利
海峽	海岸 <small>かいきょう</small>	卡伊 克伊有
海岸	海岸 <small>かいがん</small>	卡伊 嘎恩
海灘	浜邊 <small>は まべ</small>	哈馬杯

港	港 みなと	米納偷
運河	運河 うんが	烏恩嘎
水閘	水門 すいもん	斯伊某恩
碼頭	はとば	哈偷吧
水庫	ダム	達慕
瀑布	滝 たき	他克伊
岸	岸 きし	克伊西
堤	堤 つづみ	資知米
崖	がけ	嘎開
洞穴	洞窟 どうくつ	豆烏庫資
泉水	泉 いずみ	伊知米
溫泉	溫泉 おんせん	歐恩　謝恩
噴水池	噴水 ふんすい	呼恩　斯伊
井	井戸 いど	伊豆
城市	町 まち	馬基

大街	大通り <small>おおどう</small>	歐烏豆烏利
都市	都會 <small>と かい</small>	偷卡伊
鄉下	田舍 <small>い なか</small>	伊納卡
橋	橋 <small>はし</small>	哈西
道路	道路 <small>どう ろ</small>	豆烏洛
水溝	溝 <small>みぞ</small>	米濁
水田	水田 <small>すいでん</small>	斯伊 趺恩
吊橋	吊橋 <small>つりばし</small>	資利吧西
地震	地震 <small>じ しん</small>	集信
名勝	名勝 <small>めいしょう</small>	妹伊 秀烏
花園	花園 <small>はなぞの</small>	哈納濁諾
農地	農地 <small>のうち</small>	諾烏 基
牧場	牧場 <small>ぼくじょう</small>	薄庫 救烏
釣魚池	つりぼり	資利吧利
太平洋	太平洋 <small>たいへいよう</small>	他伊 黑伊 有

三　季節、氣候

春天	春（はる）	哈魯
夏天	夏（なつ）	納資
秋天	秋（あき）	阿<u>克伊</u>
冬天	冬（ふゆ）	呼油
四季	四季（しき）	西　<u>克伊</u>
氣象	気象（きしょう）	<u>克伊　西有</u>
洪水	洪水（こうずい）	寇烏<u>知伊</u>
初春	春先（はるさき）	哈魯薩<u>克伊</u>
春雨	春雨（はるさめ）	哈魯薩妹
春風	春風（はるかぜ）	哈魯卡賊
秋風	秋風（あきかぜ）	阿<u>克伊</u>卡賊
秋雨	秋雨（あきさめ）	阿<u>克伊</u>薩妹

冬節	冬至 とうじ	偷烏集
冬季	冬季 とうき	偷烏<u>克伊</u>
朝陽	朝日 あさひ	阿薩<u>黑伊</u>
夕陽	夕日 ゆうひ	油烏<u>黑伊</u>
黃昏	黃昏 たそがれ	他叟嘎雷
晚霞	夕燒 ゆうやけ	油烏呀開
大晴天	日本晴 にほんばれ	泥后<u>恩</u>吧雷
陰天	曇 くもり	庫毛利
雨天	雨の日 あめ ひ	阿妹諾<u>黑伊</u>
寒流	寒氣流 かんきりゅう	<u>卡恩</u> <u>克伊</u> <u>留烏</u>
熱的	あつい	阿資伊
冷的	さむい	沙慕伊
涼的	すずしい	斯知<u>西伊</u>

四 時間、日期

一月	一月 （いちがつ）	伊基嘎資
二月	二月 （にがつ）	泥嘎資
三月	三月 （さんがつ）	桑嘎資
四月	四月 （しがつ）	西嘎資
五月	五月 （ごがつ）	勾嘎資
六月	六月 （ろくがつ）	洛庫嘎資
七月	七月 （しちがつ）	西基嘎資
八月	八月 （はちがつ）	哈基嘎資
九月	九月 （くがつ）	庫嘎資
十月	十月 （じゆうがつ）	<u>集油</u> 嘎資
十一月	十一月 （じゆういちがつ）	<u>集油</u> 伊基 嘎資
十二月	十二月 （じゆうにがつ）	<u>集油</u>泥 嘎資

一號	一日 <ruby>ついたち</ruby>	資伊 他基
二號	二日 <ruby>ふつか</ruby>	呼知卡
三號	三日 <ruby>みっか</ruby>	米∨卡
四號	四日 <ruby>よっか</ruby>	有∨卡
五號	五日 <ruby>いつか</ruby>	伊資卡
六號	六日 <ruby>むいか</ruby>	慕伊卡
七號	七日 <ruby>なのか</ruby>	納諾卡
八號	八日 <ruby>ようか</ruby>	有烏卡
九號	九日 <ruby>ここのか</ruby>	寇寇諾卡
十號	十日 <ruby>とおか</ruby>	偷歐卡
十一號	十一日 <ruby>じゅういちにち</ruby>	集油 伊基 泥基
十四號	十四日 <ruby>じゅうよっか</ruby>	集油 有∨卡
二十號	二十日 <ruby>はつか</ruby>	哈資 卡

一天	一日 いちにち	伊基泥基
半日	半日 はんにち	喊泥基
一年間	一年間 いちねんかん	伊基內恩坎
一個鐘頭	一時間 いちじかん	伊基集坎
一分鐘	一分間 いっぷんかん	伊∨舖恩坎
天亮	夜明け よあ	有阿開
早晨	朝 あさ	阿薩
上午	午前 ごぜん	勾賊恩
中午	昼 ひる	黑伊魯
午後	午後 ごご	勾勾
白天	昼間 ひるま	黑伊魯馬
傍晚	夕方 ゆうがた	油烏嘎他
晚上	夜 よる	有魯

半夜	夜中（よなか）	有納卡
明天	明日（あす）	阿斯
後天	あさって	阿薩∨帖
大後天	しあさって	西阿薩∨帖
昨天	昨日（きのう）	克伊諾一
前天	一昨日（おととい）	歐偷偷伊
大前天	さきおととい	沙克伊歐偷偷伊
每天	毎日（まいにち）	馬伊泥基
今天	今日（きょう）	克伊又
本月	今月（こんげつ）	寇恩給資
上月	先月（せんげつ）	謝恩給資
下個月	來月（らいげつ）	來給資
月底	月末（げつまつ）	給資馬資

月初	月の始め <small>げつ　はじ</small>	給資諾哈集妹
今年	今年 <small>ことし</small>	寇偷西
去年	去年 <small>きょねん</small>	克伊有　內恩
明年	來年 <small>らいねん</small>	拉伊內恩
前年	一昨年 <small>おととし</small>	歐偷偷西
年終	年末 <small>ねんまつ</small>	內恩馬資
上旬	上旬 <small>じょうじゅん</small>	久烏俊
中旬	中旬 <small>ちゅうじゅん</small>	秋烏俊
下旬	下旬 <small>げじゅん</small>	給俊
陽曆	新曆 <small>しんれき</small>	西恩累克伊
陰曆	旧曆 <small>きゅうれき</small>	克伊烏雷克伊
從前	以前 <small>いぜん</small>	伊賊唉恩
當初	最初 <small>さいしょ</small>	薩伊西有

最後	最後 さいご	薩伊勹
以後	以後 いご	伊勹
現在	現在 げんざい	給恩雜伊
現代	現代 げんだい	給恩達伊
時代	時代 じだい	集達伊
將來	將來 しょうらい	西有烏拉伊
何時	何時 いつ	伊資
最近	最近 さいきん	薩伊克伊恩
近來	近頃 ちかごろ	基卡勹洛
這時	今頃 いまごろ	伊馬勹洛
那時	其時 そのとき	叟諾偷克伊
暫時	暫らく しば	西吧拉庫
已經	もう	某烏

數小時	数時間 すうじかん	斯烏集卡恩
數十分	数十分 すうじゅっぷん	斯烏集∨舖恩
數分鐘	数分間 すうぶんかん	斯烏舖恩　卡恩
整天	一日中 いちにちちゅう	伊基泥基積憂
三天半	さんにちはん	薩泥基哈恩
這一天	このひ	寇諾黑伊
上週	せんしゅう	謝恩修
下週	らいしゅう	來修
星期日	日曜日 にちようび	泥基有烏比
星期一	月曜日 げつようび	給資有烏比
星期二	火曜日 かようび	卡有烏比
星期三	水曜日 すいようび	斯伊有烏比
星期四	木曜日 もくようび	某庫有烏比

星期五	<ruby>金曜日<rt>きんようび</rt></ruby>	克恩 有烏比
星期六	<ruby>土曜日<rt>どようび</rt></ruby>	豆有烏比
週末	<ruby>週末<rt>しゅうまつ</rt></ruby>	西油馬資
一個星期	<ruby>一週間<rt>いっしゅうかん</rt></ruby>	伊∨西油 卡恩
每個星期	まいしゅう	馬伊西油

五　人類、生理

人類	<ruby>人類<rt>じんるい</rt></ruby>	集恩 魯伊
人種	<ruby>人種<rt>じんしゅ</rt></ruby>	集恩 西油
裸體	ヌード	奴一豆
裸體	はだか	哈達卡
頭	<ruby>頭<rt>あたま</rt></ruby>	阿他馬
脖子	<ruby>首<rt>くび</rt></ruby>	庫比
臉	<ruby>顔<rt>かお</rt></ruby>	卡歐

鼻子	鼻<ruby>はな</ruby>	哈納
鼻孔	鼻の穴<ruby>はな あな</ruby>	哈納諾阿納
鼻血	鼻血<ruby>はな じ</ruby>	哈那集
嘴唇	くちびる	庫基比魯
嘴	口<ruby>くち</ruby>	庫基
眼睛	目<ruby>め</ruby>	妹
眼神	めつき	妹資克伊
眉毛	眉<ruby>まゆ</ruby>	馬油
睫毛	睫<ruby>まつげ</ruby>	馬資給
頭髮	髪の毛<ruby>かみ け</ruby>	卡米諾開
耳朵	耳<ruby>みみ</ruby>	米米
臉頰	頰<ruby>ほほ</ruby>	后后
下巴	顎<ruby>あご</ruby>	阿勾

牙齒	歯（は）	哈
舌頭	舌（した）	西他
喉嚨	喉（のど）	諾豆
胃	胃袋（いぶくろ）	伊不庫洛
腸	腸（ちょう）	基有烏
肩膀	肩（かた）	卡他
臂膀	腕（うで）	烏跌
肘	肘（ひじ）	黒伊集
左手	左手（ひだりて）	黒伊達利帖
右手	右手（みぎて）	米哥伊帖
膝	膝（ひざ）	黒伊雜
手腕	手首（てくび）	帖庫比
手指	指（ゆび）	油比

大拇指	親指（おやゆび）	歐呀油比
食指	人差指（ひとさしゆび）	黒伊豆沙西油比
中指	中指（なかゆび）	納卡油比
無名指	くすりゆび	庫斯利油比
小指	小指（こゆび）	寇油比
手掌	手掌（てのひら）	帖諾黒伊拉
拳頭	拳（こぶし）	寇不西
指甲	爪（つめ）	資妹
胸部	胸（むね）	慕內
乳房	乳房（ちぶさ）	基不薩
乳頭	ちちくび	基基庫比
女子胸部	バスト	吧斯偷
肺	肺（はい）	哈伊

心臓	心臓（しんぞう）	西恩濁烏
心	心（こころ）	寇寇洛
心情	気持（きもち）	克伊某基
背部	背中（せなか）	謝納卡
屁股	お尻（しり）	歐西利
腰	腰（こし）	寇西
大腿	股（もも）	某某
胯間	股（また）	馬他
陽物	陽物（ようぶつ）	有烏不資
陰戶	女陰（にょいん）	泥有伊恩
下腹	下腹（したばら）	西他吧拉
肚子	腹（はら）	哈拉
肚臍	臍（へそ）	黑叟

腳	足 あし	阿西
大便	大便 だいべん	達伊<u>杯恩</u>
小便	小便 しょうべん	<u>西有</u>　<u>杯恩</u>
骨	骨 ほね	后內
肉	肉 にく	泥庫
皮膚	皮膚 ひ ふ	<u>黑伊呼</u>
血	血 ち	基
血管	血管 けっかん	開∨卡恩
痣	ほくろ	后庫洛
酒窩	えくぼ	唉庫薄
大腦	大腦 だいのう	<u>達伊諾</u>
金髮	金髮 きんぱつ	<u>克伊恩吧資</u>
白髮	白髮 しらがみ	西拉嘎米

毛	毛 (け)	開
鬍鬚	ひげ	黑伊給
君子	君子 (くんし)	庫恩西
人材	人材 (じんざい)	集恩雜伊
醉鬼	よっぱらい	有∨吧拉伊
貪吃鬼	くいしんぼう	庫伊新破
吝嗇鬼	けちんぼう	開基恩薄
好好人	好人物 (こうじんぶつ)	寇烏集舖資
利己主義者	エゴイスト	唉勾伊斯偷
色狼	痴漢 (ちかん)	基坎
不良少年	不良少年 (ふりょうしょうねん)	呼利有　西有捻
小流氓	ちんぴら	基恩僻拉
犯人	犯人 (はんにん)	寒泥恩

有錢人	かねもち	卡內某基
窮人	貧乏人 びんぼうにん	比恩薄泥恩
知識階級	インテリ	伊恩帖利
專門家	専門家 せんもんか	西恩夢卡
紳士	紳士 しんし	新一西
傻瓜	馬鹿 ばか	吧卡
老手	ベテラン	杯帖浪
大明星	大スター だい	達伊斯他
選手	選手 せんしゅ	謝恩修
運動員	スポーツマン	斯破一資慢
演員	俳優 はいゆう	哈伊油吾
殘障者	身体障害者 しんたいしょうがいしゃ	西太洗有嘎西呀
受傷者	怪我人 けがにん	開嘎泥恩

死者	死者（ししゃ）	西西呀
美國人	アメリカ人（じん）	阿妹利卡進
日本人	日本人（にほんじん）	泥后恩進
英國人	イギリス人（じん）	伊哥伊利斯進
印度人	インド人（じん）	陰豆進
中國人	中國人（ちゅうごくじん）	基油勾庫進
法國人	フランス人（じん）	呼拉恩斯進
韓國人	韓國人（かんこくじん）	看寇庫進
歐洲人	ヨーロッパ人（じん）	有－洛∨吧進
非洲人	アフリカ人（じん）	阿呼利卡進
混血兒	あいのこ	阿伊諾寇

六　家屬、親戚、朋友

祖父	祖父（そふ）	叟呼
祖母	祖母（そぼ）	叟薄
父	父（ちち）	基基
母	母（はは）	哈哈
兄	兄（あに）	阿泥
嫂嫂	兄嫁（あによめ）	阿泥有妹
姊姊	姉（あね）	阿內
姊夫	姉婿（あねむこ）	阿內慕寇
我	私（わたくし）	娃他庫西
弟弟	弟（おとうと）	歐偷烏偷
妹妹	妹（いもうと）	伊某烏偷
兄弟姊妹	兄弟（きょうだい）	克有達伊

姉妹	姉妹 しまい	西馬伊
小孩子	子供 こども	寇豆某
兒子	息 むすこ	慕斯寇
女兒	娘 むすめ	慕斯妹
孫兒(孫女)	孫 まご	馬勾
伯父(叔父)	おじさん	歐集桑
伯母(叔母)	おばさん	歐吧桑
祖父(稱自己祖父)	おじいさん	歐集－伊桑
祖母	おばあさん	歐吧－阿桑
爸爸(稱自己父親)	おとうさん	歐偷桑
媽媽	おかあさん	歐卡阿桑
親戚	親戚 しんせき	西恩謝克伊
家人	家族 かぞく	卡濁庫

祖先	祖先（そせん）	叟<u>謝恩</u>
媳婦	むすこのよめ	慕斯寇諾有妹
女婿	むすめのおっと	慕斯妹諾歐∨偷
公公	しゅうと	<u>西油偷</u>
婆婆	しゅうとめ	<u>西油偷</u>妹
養母	養母（ようぼ）	有烏薄
雙親	兩親（りょうしん）	<u>利有信</u>
丈夫	夫（おっと）	歐∨偷
妻子	妻（つま）	資馬
弟媳	おとうとのつま	歐偷－偷諾資馬
哥哥	にいさん	泥伊桑
姐姐	ねえさん	內桑
長男	長男（ちょうなん）	基有難

長女	長女 ちょう じょ	基有就
次男	次男 じ なん	集難
次女	次女 じ じょ	集基有
最小兒子	末つ子 すえ こ	斯唉∨寇
私生子	私生兒 し せい じ	西謝伊集
孤兒	孤兒 こ じ	寇集
堂、表兄弟姐妹	いとこ	伊偷寇
甥、侄兒	おい	歐伊
姪女、外甥女	めい	妹伊
嬰兒	あかんぼう	阿堪薄
養子	養子 よう し	有烏西
養女	養女 よう じょ	有烏集
獨生子	ひとりご	黑伊偷利勹

朋友	友達 ともだち	偷某達基
朋友	しりあい	西利阿伊
同學	同窓 どうそう	豆叟
女朋友	ガールフレンド	嘎－魯呼練豆
男朋友	ボーイフレンド	薄－伊呼練豆
恩人	恩人 おんじん	歐恩進
愛人	愛人 あいじん	阿伊進
知心朋友	親友 しんゆう	西恩油
客人	おきゃくさん	歐克伊呀庫桑
友人	友人 ゆうじん	油進
壞朋友	惡友 あくゆう	阿庫油
感情好	なかよし	納卡有細
同事	同僚 どうりょう	豆利有
前輩	先輩 せんぱい	謝恩吧伊

七　度量衡

一公尺	一米 いちめ－とる	伊基妹－偷魯
一公分	一せんち いっ	伊ㄨ謝恩基
一尺	一尺 いっしゃく	伊ㄨ西呀庫
一寸	一寸 いっすん	伊ㄨ斯恩
一分	一分 いっぷ	伊基不
一丈	一丈 いちじょう	伊基集有
一坪	一坪 ひとつぼ	黑伊偷資薄
一畝	一畝 いっせ	伊ㄨ謝
一斗	一斗 いっとう	伊ㄨ偷烏
一升	一升 いっしょう	伊ㄨ西有
一石	一石 いっこく	伊ㄨ寇庫
一錢	一匁 いちもんめ	伊基某恩妹
一兩	十匁 じゅうもんめ	基油　某恩妹
一斤	一斤 いっきん	伊ㄨ克伊恩

八　服飾、戀愛

禮服	礼服 （れいふく）	累伊呼庫
洋裝	洋裝 （ようそう）	有烏叟烏
日本和服	きもの	<u>克伊某諾</u>
制服	ユニホーム	油泥后一慕
禮帽	礼帽 （れいぼう）	累伊薄烏
西裝	スーツ	斯一資
中山裝	中山服 （ちゅうさんぷく）	<u>基油</u>　<u>薩恩</u>不庫
上衣	上着 （うわぎ）	烏娃哥<u>伊</u>
褲子	褲 （ずぼん）	集<u>破恩</u>
鞋子	靴 （くつ）	庫資
皮鞋	皮グツ （かわ）	卡娃骨資
長鞋	長グツ （なが）	那嘎骨資

膠鞋	ゴム靴（くつ）	勾母庫資
雨具	雨具（あまぐ）	阿馬骨
便衣	私服（しふく）	西呼庫
服裝	服裝（ふくそう）	呼庫曳烏
衣服	ドレス	豆雷斯
迷妳裙	ミニスカート	米泥斯卡一偷
大衣	オーバーコート	歐一吧一寇偷
毛線衣	セーター	謝一他一
圍裙	エプロン	唉舖洛恩
服裝設計師	デザイナー	跌雜伊納一
毛	毛（もう）	某烏
棉	木綿（もくめん）	某庫妹恩
尼龍	ナイロン	納伊洛恩

剪刀	はさみ	哈薩米
縫紉	洋裁（ようさい）	有烏薩伊
絹	絹（きぬ）	克伊奴
換衣	着替え（きが）	克伊嘎唉
外套	コート	寇一偷
口袋	ポケット	破開Ｖ偷
手套	手袋（てぶくろ）	帖不庫洛
手帕	ハソカチ	哈恩卡基
短褲	半褲（はんずぼん）	哈恩知薄恩
內褲	パンツ	帕恩資
腰帶	ベルト	杯魯偷
衛生衣	めりやす	妹利呀斯
汗衫	襦袢（じゅばん）	集油 吧恩

襪子	靴下 (くつした)	庫資西他
領帶	ネクタイ	內庫他伊
襯衫	ワイシャツ	娃伊西呀資
領子	えり	唉利
雨衣	レインコート	雷恩寇ー偷
鈕扣	ボタン	薄燙
袖子	そで	叟跌
料子	きじ	克伊集
奶罩	ブラジャー	不拉架ー
睡衣	パジャマ	帕集呀馬
絲襪	ストッキング	斯偷∨克伊 骨
帽子	ぼうし	薄烏西
拖鞋	スリッパ	斯利∨帕

高跟鞋	ハイヒール	哈伊黑伊－魯
涼鞋	サンダル	沙恩達魯
鞋油	くつクリーム	庫資庫利－慕
項鍊	ネックレース	內∨庫雷－斯
瑪瑙	メノー	妹諾－
紅寶石	ルビー	魯比－
翡翠	翡翠（ひすい）	黑伊斯伊
珊瑚	珊瑚（さんご）	尚勾
珍珠	珍珠（しんじゅ）	新集油
戒指	指輪（ゆびわ）	油比娃
鑽戒	ダイヤモンドの指輪	達伊呀某豆諾油比娃
胸針	ブローチ	不洛－基
手鐲	腕輪（うでわ）	烏跌娃

耳環	イヤリング	伊呀<u>利伊</u>骨
黃金	きん 金	<u>克伊恩</u>
髮夾	かみかざ 髮飾り	卡米卡雜利
香水	こうすい 香水	寇烏斯伊
化粧品	けっ しょう ひん 化 粧 品	開<u>西有</u> 黑<u>伊恩</u>
口紅	くちべに 口紅	庫基杯泥
假髮	かつら	卡資拉
肥皂	せっけん	謝∨<u>開恩</u>
洗髮精	シャンプ	<u>西呀恩</u>舖
老處女	オールドミス	歐一魯豆米斯
美人	びじん 美人	比進
醜女人	ブス	不斯
相親結婚	みあ い けっこん 見合結婚	米阿伊開∨空

約會	デート	跌－偷
單戀	片思い かたおも	卡他歐某伊
感情好	なかよし	納卡有西
初戀	初恋 はつこい	哈資寇伊
三角戀愛	三角恋愛 さんかくれんあい	山卡庫雷恩愛
情書	ラブレータ	拉不雷－他
情人	恋人 こいびと	寇伊比偷
離婚書	離縁書 りえんしょ	利唉恩 西有
新郎	花婿 はなむこ	哈納慕寇
新娘	花嫁 はなよめ	哈納有妹
愛情故事	愛情物語 あいじょうものがたり	阿伊集某諾嘎他利
蜜月	ハネエムーン	哈內唉慕－
新婚夫婦	新婚夫婦 しんこんふうふ	新寇恩夫負

處女	バージン	吧一進
寡婦	未亡人	米薄進
鰥夫	おとこやもめ	歐偷寇呀某妹
求婚	プロポーズ	舖洛破一知
訂婚	婚約	空呀庫
未婚	未婚	米空
再婚	再婚	薩伊空
女儐相	花嫁の付添人	哈納有妹諾資克伊叟泥恩
男儐相	花婿の付添人	哈納慕寇諾資克伊叟泥恩
自由戀愛	自由恋愛	集油累恩愛

九　食　品

食品	食品	西有庫黑伊恩
菜單	メニュー	妹尼油一

食物	たべもの	他杯某諾
炊事	<ruby>炊事<rt>すいじ</rt></ruby>	斯伊集
米	<ruby>米<rt>こめ</rt></ruby>	寇妹
蔬菜	<ruby>野菜<rt>やさい</rt></ruby>	呀薩伊
飯	<ruby>御飯<rt>ごはん</rt></ruby>	勾哈恩
早飯	<ruby>朝飯<rt>あさごはん</rt></ruby>	阿薩勾哈恩
午飯	<ruby>昼飯<rt>ひるごはん</rt></ruby>	黑伊魯勾哈恩
晚飯	<ruby>晩飯<rt>ばんごはん</rt></ruby>	吧恩勾哈恩
稀飯	<ruby>お粥<rt>かゆ</rt></ruby>	歐卡油
菜餚	<ruby>肴<rt>さかな</rt></ruby>	薩卡納
好菜	<ruby>料理<rt>りょうり</rt></ruby>	利有烏利
便當	<ruby>弁当<rt>べんとう</rt></ruby>	杯恩偷
飯團	おにぎり	歐泥哥伊利

午餐	ランチ	拉恩－基
菜	おかず	歐卡知
酒	酒 (さけ)	薩開
油	油 (あぶら)	阿不拉
醬油	醬油 (しょうゆ)	西有烏油
油炸類	テンプラ	甜不辣
醋	酢 (す)	斯
鹽	塩 (しお)	西歐
糖	砂糖 (さとう)	薩豆烏
蛋	玉子 (たまご)	他馬勾
豆	豆 (まめ)	馬妹
豬肉	豚肉 (ぶたにく)	不他泥庫
排骨肉	チョップ	基有∨舖

味精	味の本 <ruby>味<rt>あじ</rt></ruby>の<ruby>本<rt>もと</rt></ruby>	阿集諾某偷
牛肉	<ruby>牛肉<rt>ぎゅうにく</rt></ruby>	哥油泥庫
雞肉	<ruby>鳥肉<rt>とりにく</rt></ruby>	豆利泥庫
牛排	ステーキ	斯帖一克伊
湯	スープ	斯一舖
火鍋	すきやき	斯克伊呀克伊
三明治	サンドイッチ	薩恩豆伊∨基
麵包	パン	胖
饅頭	まんじゅう	瞞集油
奶油	クリーム	庫利一慕
乳酪	チーズ	基一知
胡椒	こしょう	寇綉一
醬	<ruby>味噌<rt>みそ</rt></ruby>	米叟

醋和醬油混合調味料	ソース	叟一斯
咖哩	カレー	卡累一
生菜醬	マヨネーズ	馬有內一知
肝	レバ	雷吧
葱	葱 ねぎ	內哥伊
魚	魚 さかな	薩卡納
花生	ピーナツ	僻一納資
汽水	サイダー	沙伊達一
咖啡	コーヒー	寇一黑伊一
茶	お茶 ちゃ	歐基呀
紅茶	紅茶 こうちゃ	寇烏 基呀
啤酒	ビール	比一魯
開水	おゆ	歐有

生啤酒	なまビール	納馬比一魯
洋酒	洋酒 ようしゅ	有烏修
酒精	アルコール	阿魯寇一魯
烏龍茶	烏龍茶 うろんちゃ	烏洛恩恰
香片	ジヤスミンちゃ	假斯明恰
可口可樂	コカコーラ	寇卡寇一拉
果汁	ジュース	集油一斯
檸檬汁	レモンジュース	雷夢集油一斯
威士忌	ウイスキー	烏伊斯克伊
葡萄酒	ぶどう酒 しゅ	不豆烏修
清酒	清酒 せいしゅ	謝伊修
飲料	のみもの	諾米某諾
牛奶	牛 乳 ぎゅうにゅう	哥油　泥油烏

甜的	甘<ruby>あま</ruby>い	阿馬伊
鹹的	塩<ruby>しおから</ruby>辛い	西歐卡拉伊
辣的	辛<ruby>から</ruby>い	卡拉伊
酸的	酸<ruby>すっぱ</ruby>い	斯∨吧伊
澀的	しぶい	西不伊
苦的	苦<ruby>にが</ruby>い	泥嘎伊
味道	あじ	阿集
香腸	ソーセージ	叟－謝－集
烏魚子	カラスミ	卡拉斯米
生的食物	なまもの	納馬某洛
漬菜	つけもの	資開某洛
味噌湯	みそしる	米叟西魯
餃子	ぎょうざ	哥伊有雜

烤肉	燒肉 (やきにく)	呀克伊泥庫
豆腐	豆腐 (とうふ)	偷一呼
烤麵包	トースト	偷一斯偷
肉包子	にくまんじゅう	泥庫滿恩　集油烏
蔥	蔥 (ねぎ)	內哥伊
筷子	はし	哈西
鍋子	なべ	納杯
叉子	フォーク	貨一庫
湯匙	スプーン	斯舖一
碟子	さら	薩拉
刀子	ナイフ	納伊呼
水壺	やかん	呀看
杯子	コップ	寇∨舖

手巾	おしぼり	歐西薄利
香味	香^{かお}り	卡歐利
好吃的	おいしい	歐伊西伊
好吃的	うまい	烏馬伊
不好吃	おいしくない	歐伊西庫納伊
麵	ラーメン	拉一妹恩
什錦麵	五目麵^{ごもくそば}	勾某庫叟吧
四川菜	四川料理^{しせんりょうり}	西謝恩 流又利
廣東菜	廣東料理^{かんとんりょうり}	坎通流又利
北京菜	北京料理^{べっきんりょうり}	杯克伊恩流又利
台灣菜	台灣料理^{たいわんりょうり}	台旺流又利
炒米粉	やきビーフン	呀克伊比一混
牛肉麵	牛肉そば^{ぎゅうにく}	克伊油尼庫叟吧

皮蛋	ビータン	比一燙
燒賣	シューマイ	<u>西油</u>一馬伊
餛飩麵	ワンタンめん	王燙妹恩
海鮮料理	海鮮料理 かいせんりょうり	卡伊謝恩 <u>流又利</u>
壽司	すし	斯西
生魚片	さしみ	薩西米
鰻魚飯	鰻丼 うなぎどん	烏納哥伊 <u>豆恩</u>
豬排飯	かつ丼 どん	卡資豆恩
涼麵	ひやしそば	<u>黑伊</u>呀西索吧
炒麵	やきそば	呀<u>克伊</u>索吧
點心	おかし	歐卡西
蛋糕	ケーキ	開一<u>克伊</u>
肉粽	ちまき	基馬<u>克伊</u>

韓國泡菜	きむち	克伊慕基
羊羹	ようかん	有烏看
年糕	もち	某基
冰淇淋	アイスクリーム	阿伊斯克利一慕
冰棒	アイスキャンデイ	阿伊斯克伊洋底
餡餅	パイ	拍伊
西洋點心	洋菓子 <small>ようかし</small>	有烏卡西
春捲	はるまき	哈魯馬克伊
營養	營養 <small>えいよう</small>	唉伊有
宵夜	夜食 <small>やしょく</small>	呀西有庫
吃飽	いっぱい	伊∨敗
乾杯	乾杯 <small>かんぱい</small>	看敗
西瓜	スイカ	斯伊卡

香蕉	バナナ	吧納納
蘋果	林檎 りんご	利恩勾
水果	菓物 くだもの	庫達某洛

十 住 宅

建築物	たてもの	他帖某洛
別墅	べっそう	杯∨叟烏
宿舍	寮 りょう	利有烏
公寓	下宿 げ しゅく	給西油庫
公寓	アパート	阿帕一偷
大樓	ビル	比魯
住宅	住 宅 じゅう たく	集油他庫
房子	いえ	伊唉
租的房子	借屋 かり や	卡利呀

露營	キャンプ	克伊樣舖
二層樓	二階ダテ（にかい）	泥卡伊達帖
三層樓	三階ダテ（さんかい）	薩恩 卡伊達帖
樓上	二階（にかい）	泥卡伊
一樓	一階（いっかい）	伊∨卡伊
三樓	三階（さいかい）	薩恩 卡伊
五樓	五階（ごかい）	勾卡伊
七樓	七階（ななかい）	納納卡伊
前門	玄関（げんかん）	給恩 卡恩
後門	裏門（うらもん）	烏拉某恩
門	ドア	豆阿
門檻	門の閾（もん しきい）	某恩諾西克伊伊
客廳	座敷（ざしき）	雜西克伊

會客室	応接間 <ruby>おうせつま</ruby>	歐謝資馬
房間	部屋 <ruby>へや</ruby>	黑呀
飯館	食堂 <ruby>しょくどう</ruby>	西有庫豆烏
洗澡堂	湯殿 <ruby>ゆどの</ruby>	油豆諾
浴室	風呂場 <ruby>ふろば</ruby>	呼洛吧
臥房	寝室 <ruby>しんしつ</ruby>	西恩西資
廚房	台所 <ruby>だいどころ</ruby>	達伊豆寇洛
廁所	便所 <ruby>べんじょ</ruby>	杯恩修
廁所(洗手間)	お手洗い <ruby>てあら</ruby>	歐帖阿拉伊
書房	しょさい	西有薩伊
倉庫	倉庫 <ruby>そうこ</ruby>	叟寇
車庫	車庫 <ruby>しゃこ</ruby>	西呀寇
佛龕	仏壇 <ruby>ぶつだん</ruby>	不資達恩

窗簾	カーテン	卡——帖恩
籬笆	垣根（かきね）	卡克伊内
盆景	うえき	烏唉克伊
樓梯	梯子（はしご）	哈西勾
天花板	天井（てんじょう）	帖恩 集歐
柱子	柱（はしら）	哈西拉
庭院	庭（にわ）	泥娃
晒台	ベランダ	杯拉恩達
屋頂	屋根（やね）	呀内
屋簷	軒下（のきした）	諾克伊西他
地板	床板（ゆかいた）	油卡伊他
煙囪	煙突（えんとつ）	唉恩偷資
窗戶	窓（まど）	馬豆

庭院	にわ	泥娃
走廊	廊下 (ろうか)	洛烏卡
辦公室	事務室 (じむしつ)	集慕西資
地下室	地下室 (ちかしつ)	基卡西資
病房	病室 (びょうしつ)	比又烏西資
游泳池	プール	舖一路
榻榻米	たたみ	他他米
帳棚	テント	帖恩偷
吸塵器	電気掃除機 (でんきそうじき)	跌恩 克伊叟集克伊
皇宮	王宮 (おうきゅう)	歐烏克伊油烏
城	城 (じょう)	敄
攤子	やたい	呀他伊
過夜	とまり	偷馬利

不在家	留守 <small>る す</small>	魯斯
睡懶覺的人	朝寢坊 <small>あさ ね ぼう</small>	阿薩內薄
墓	はか	哈卡

十一　交通、觀光

火車站	駅 <small>えき</small>	唉克伊
火車	汽車 <small>き しゃ</small>	克伊　西呀
快車	急行車 <small>きゅうこうしゃ</small>	克油　寇烏　西呀
電車	電車 <small>でんしゃ</small>	跌恩　西呀
公共汽車	市內バス <small>し ない</small>	西那伊巴斯
巴士站	バスてぃ	巴斯帖伊
計程車	タクシー	他庫西
三輪車	三輪車 <small>さんりんしゃ</small>	薩恩　利恩　西呀
腳踏車	自轉車 <small>じ てんしゃ</small>	集帖恩　西呀

摩托車	オートバイ	歐——偷吧伊
飛機場	空港 （くうこう）	庫烏 寇烏
飛機	飛行機 （ひこうき）	黑伊寇烏克伊
噴射機	ジェットキ	傑∨偷克伊
火箭	ロケット	洛開∨偷
渡船碼頭	波止場 （はとば）	哈偷吧
船	船 （ふね）	呼內
舢舨	ボート	薄——偷
候車室	待合室 （まちあいしつ）	馬基阿伊西資
汽車	自動車 （じどうしゃ）	集豆烏 西呀
馬車	馬車 （ばしゃ）	吧西呀
遊覽車	観光バス （かんこう）	卡恩寇烏巴斯
客車	客車 （きゃくしゃ）	克伊呀庫西呀

貨車	貨物車 （かもつしゃ）	卡某資<u>西呀</u>
餐車	食堂車 （しょくどうしゃ）	<u>西</u>有庫豆烏<u>西呀</u>
臥車	寝だい車 （しん・しゃ）	<u>西</u>恩達伊<u>西呀</u>
駕駛員	運転手 （うんてんしゅ）	吻帖恩　<u>西</u>油
售票員（車掌）	車掌 （しゃしょう）	<u>西呀　西</u>又
交通信號	交通信号 （こうつうしんごう）	寇烏　資烏信勾
車票	切符 （きっぷ）	<u>克伊</u>∨舖
時刻表	時間表 （じがんひょう）	集堪<u>黑伊</u>有烏
單程	片道 （かたみち）	卡他米基
來回票	往復切符 （おうふくきっぷ）	歐烏呼庫<u>克伊</u>∨不
對號座	指定席 （していせき）	<u>西</u>帖謝　<u>克伊</u>
月票	定期券 （ていきけん）	帖<u>克伊</u>　開恩
下班火車	次の列車 （つぎ・れつしゃ）	資哥<u>伊</u>諾雷∨<u>西呀</u>

上行火車	上（あが）り列車（れつしや）	阿哥伊利雷∨西呀
下行火車	下（くだ）り列車（れつしや）	庫達利雷∨西呀
地下電車	地下鉄（ちかてつ）	基卡帖資
月台	プラットホーム	舗拉偷后－慕
候車室	待合室（まちあいしつ）	馬基阿伊西資
餐車	食堂車（しよくどうしや）	西有庫豆西呀
臥車	寝台車（しんだいしや）	行帶西呀
卡車	トラック	偷拉庫
出口	出口（でくち）	跌庫基
入口	入口（いりくち）	伊利庫基
廁所	トイレ	偷伊累
高速公路	高速道路（こうそくどうろ）	寇烏叟庫豆洛
隧道	トンネル	偷恩内魯

客滿	滿員 (まんいん)	馬恩 伊恩
導遊	ガイド	嘎伊豆
十字路口	交差点 (こうさてん)	寇烏薩帖恩
斑馬線	横断歩道 (おうだんほどう)	歐烏達后豆
自行車	自転車 (じてんしゃ)	集帖恩 西呀
國營鐵路	國鉄 (こくてつ)	寇庫帖資
汽油	ガソリン	嘎叟令
加油站	ガソリンスタンド	嘎索令斯蛋豆
剪票員	改札係 (かいさつけい)	卡伊薩資開伊
車子	車 (くるま)	庫魯馬
特快車	特急 (とっきゅう)	偸∨克伊油
位子	席 (せき)	謝克伊
寄行李處	手荷物取扱所 (てにもつとりあつかいしょ)	帖尼某資偸利阿資卡修

觀光	觀光 かんこう	卡恩 寇烏
護照	パスポート	帕斯薄一偷
海關	稅關 ぜいかん	賊伊看
出國手續	出 國手續 しゆつ こく て つづき	西油 ∨ 寇庫帖資知克伊
入國手續	入 國 手續 にゆうこく て つづき	尼油寇庫帖資知克伊
日幣	日本円 に ほんえん	尼轟唉恩
美金	ドル	豆一魯
匯票	為替 かわ せ	卡娃謝
鈔票	おさつ	歐薩資
換錢	兩 替 りょう がえ	利有哥伊唉
免稅物品	免稅品 めんぜんひん	妹恩賊黑伊恩
海關檢查	稅関検査 ぜいかんけん さ	賊看開恩沙
禁止攜入物品	持ち込み禁止品 も こ きんしひん	某基寇米克伊西黑伊恩

土產品	おみやげ	歐米呀給
觀光飯店	ホテル	后帖魯
櫃台	カウンター	<u>卡恩他一</u>
女服務生	女中（じょちゅう）	救一基油
登記簿	宿帳（しゅくちょう）	修庫<u>基又</u>
房錢	宿泊料（しゅくはくりょう）	修庫哈庫<u>利又</u>
單人房	シングル	<u>西恩骨魯</u>
雙人房	ダブルルーム	達不魯魯－慕
預訂(房間)	予約（よやく）	有呀庫
小費	チップ	基∨舖
電話	電話（でんわ）	<u>跌恩娃</u>
煙灰缸	灰皿（はいざら）	哈伊雜拉
前廳休息室	ロビー	洛必

太平門	非常門 ひじょうもん	<u>黒伊</u>救夢
貴重物品	貴重品 き ちょう ひん	<u>克伊</u>囚吾<u>黒伊</u>恩
行李	荷物 に もつ	泥某資
毛巾	タオル	他歐魯
枕頭	枕 まくら	馬庫拉
毯子	毛布 もう ふ	某烏呼
呼叫電鈴	呼び鈴 よ　りん	有比令
棉被	ふとん	呼<u>豆</u>恩
冷氣	冷房 れいぼう	累薄
暖氣	暖房 だんぼう	膽薄
鑰匙	かぎ	卡<u>哥伊</u>
電梯	エレベーター	唉雷杯－他－
收據	領收書 りょうしゅうしょ	<u>流烏</u>　<u>西油</u>　修

零錢	おつり	歐資利
軟片	フィールム	呼伊－魯慕
照相館	写真屋	西牙 西恩呀
百貨店	デパート	跌帕－偷
藥店	くすりや	庫斯利呀
書店	ほんや	后恩呀
理髮店	散髪屋	傘巴資呀
美容院	美容院	比有吾印
鞋店	くつや	庫資呀
土產店	おみやげてん	歐米呀給帖恩
寶石店	寶石店	后 謝克伊 跌恩
郵筒	郵便ポスト	油比破斯偷
郵局	郵便局	油比克伊又庫
郵票	切手	克伊∨帖

信封	封筒 （ふうとう）	呼<u>豆鳥</u>
明信片	はがき	哈嘎 <u>克伊</u>
風景明信片	えはがき	唉哈嘎 <u>克伊</u>
中國畫	中國の繪畫 （ちゆうごく かい が）	基油勾庫諾開嘎
宮燈	ランタン	狼燙
酒	酒 （さけ）	沙開
繳稅品	課稅品 （か ぜいひん）	卡賊伊<u>黑伊</u>
紹興酒	紹興酒 （しようこうしゆう）	西有寇烏<u>西油</u>
中國菜	中國料理 （ちゆうごくりよう り）	基油勾庫流利
日本菜	日本料理 （に ばんりよう り）	泥<u>薄</u>恩流利
西餐	西洋料理 （せいようりりよう り）	謝又流利
香菸	タバコー	他吧寇一

十二　醫藥、疾病

疾病	病氣（びょうき）	比有克伊
病重	重態（じゅうたい）	集油太
感冒	風邪（かぜ）	卡賊
頭痛	頭痛（ずつう）	知資烏
胃病	胃病（いびょう）	伊比有烏
胃下垂	胃下垂（いかすい）	伊卡斯伊
胃痛	胃痛（いつう）	伊資烏
胃潰瘍	胃潰瘍（いかいよう）	伊開又
腸炎	腸炎（ちょうえん）	基又 唉恩
休克	シヨック	西有∨庫
神經衰弱	神經衰弱（しんけいすいじゃく）	新開伊 斯伊基呀庫
卒倒	卒倒（そっとう）	叟∨偷

頭暈	めまい	妹馬伊
腦震盪	腦震盪 （のうしんとう）	諾新偷
腹痛	腹痛 （ふくつう）	呼庫資烏
咳嗽	咳 （せき）	謝<u>克伊</u>
痢疾	下痢 （げり）	給利
肺病	肺病 （はいびょう）	哈伊<u>比有烏</u>
肺炎	肺炎 （はいえん）	哈伊<u>咳恩</u>
腦溢血	腦溢血 （のういっけつ）	諾烏伊∨開資
發高燒	高熱 （こうねつ）	寇烏內資
高血壓	高血圧 （こうけつあつ）	寇烏開∨阿資
月經	メンス	悶斯
懷孕	妊娠 （にんしん）	寧新
難產	難產 （なんさん）	難散

白帶	こしけ	寇西開
近視	近視 きんし	克伊恩西
砂眼	トラホーム	偷拉后一慕
霍亂	コレラ	寇雷拉
天花	天ねん豆 てん　　とう	帖恩　內恩偷烏
瘟疫	流行病 りゅうこうびょう	利油寇烏比有烏
傳染病	伝染病 でんせんびょう	跌恩謝恩　比有烏
疹子	痲疹 はしか	哈西卡
風濕症	リユーマチ	利油一馬基
牙痛	歯が痛い は　　いた	哈嘎伊他伊
腳氣	脚気 かっけ	卡∨開
婦女病	婦人病 ふじんびょう	呼集恩　比有烏
虛弱	貧弱 ひんじゃく	黑伊恩集呀庫

貧血	<ruby>貧血<rt>ひんけつ</rt></ruby>	黑伊恩開資
花柳病	<ruby>花柳病<rt>かりゅうびょう</rt></ruby>	卡利油 比有烏
皮膚病	<ruby>皮膚病<rt>ひふびょう</rt></ruby>	黑伊呼比有烏
痱子	あせも	阿謝某
面皰	にきび	泥克伊比
下痢	げり	給利
癌症	がん	幹
胃癌	<ruby>胃癌<rt>いがん</rt></ruby>	伊幹
乳癌	<ruby>乳癌<rt>にゅうがん</rt></ruby>	泥吾幹
思鄉病	ホームシック	后－慕西∨庫
精神病	<ruby>精神病<rt>せいしんびょう</rt></ruby>	謝恩新比有烏
蛀牙	<ruby>虫歯<rt>むしば</rt></ruby>	慕西吧
盲腸炎	<ruby>盲腸炎<rt>もうちょうえん</rt></ruby>	某救唉恩

消化不良	消化不良 （しょうかふりょう）	西有卡呼流
痔	痔 （じ）	集
肝炎	肝炎 （かんえん）	看唉恩
肝硬化	肝硬変 （かんこうへん）	看寇恨
便秘	便秘 （べんび）	杯恩必
疝氣	ヘルニア	黑魯泥阿
甲狀腺腫	甲狀腺腫 （こうじょうせんしゅ）	寇救謝恩 西油
酒精中毒	アルコール中毒 （ちゅうどく）	阿魯寇ー魯基油豆庫
鼻炎	鼻炎 （びえん）	比唉恩
流行感冒	インフルエンザ	伊恩呼魯唉恩雜
支氣管炎	氣管支炎 （きかんしえん）	克伊看西唉恩
聾子	つんぼ	珍薄
氣喘	喘息 （ぜんそく）	賊恩叟庫

貧血	貧血（ひんけつ）	黑伊恩開資
心臟病	心臓病（しんぞうびょう）	新走比有烏
腎臟病	腎臓病（じんぞうびょう）	精走比有烏
白血病	白血病（はつけつびょう）	哈∨開資比有烏
關節炎	関節炎（かんせつえん）	看謝資唉恩
膀胱炎	膀胱炎（ぼうこうえん）	薄寇唉恩
糖尿病	糖尿病（とうにょうびょう）	偷泥又比有烏
腎結石	腎結石（じんけつせき）	集開資謝克伊
尿毒病	尿毒症（にょうどくしょう）	泥有烏豆庫西又烏
陽痿	インポテンツ	引破帖恩資
早洩	早漏（そうろう）	叟洛
遺精	遺精（いせい）	伊謝伊
子宮炎	子宮炎（しきゅうえん）	西克伊油唉恩

扭傷	ねんざ	捻雜
骨折	骨折（こせつ）	寇謝資
陰道炎	陰道炎（いんどうえん）	陰豆唉恩
身體	体（からだ）	卡拉達
體格	体格（たいかく）	他伊卡庫
相思病	想思病（そうしびょう）	<u>叟</u>烏<u>西</u>比有烏
中風	卒中（そっちゅう）	<u>叟</u>資<u>基</u>因
中毒	中毒（ちゅうどく）	<u>基</u>油豆庫
啞巴	啞（おし）	歐西
瞎子	盲人（もうじん）	某集恩
聾子	ろうあ	洛烏阿
身障、精障者	障害者（しょうがいしゃ）	<u>西</u>有 <u>嘎</u>伊 <u>西</u>呀
胖子	でぶ	跌不

痩子	痩 やせ	呀謝
傻子	あほ	阿后
近視眼	近視 きんし	克伊恩西
遠視眼	遠視 えんし	唉恩西
藥	薬 くすり	庫斯利
藥材	薬材 やくざい	呀庫　雜伊
感冒藥	かぜぐすり	卡賊骨斯利
中藥	漢方薬 かんぽうやく	卡恩　破烏呀庫
內科	內科 ないか	納伊卡
外科	外科 げか	給卡
眼科	眼科 がんか	嘎恩卡
病人	病人 びょうにん	比又寧
診察	診察 しんさつ	西恩薩資

診斷	診斷 しんだん	西恩 達恩
治療	治療 ちりょう	基利有烏
手術	手術 しゅじゅつ	西油 集油資
消毒	消毒 しょうどく	西有烏豆庫
打針	注射 ちゅうしゃ	基油 西呀
看護	看病 かんびょう	卡恩 比有烏
護士	看護婦 かんごふ	卡恩勾呼
醫生	先生 せんせい	謝恩 謝伊
醫院	病院 びょういん	比有烏陰
住院	入院 にゅういん	泥油陰
痊癒	全快 ぜんかい	賊恩 卡伊
出院	退院 たんいん	他伊陰

十三　宗教、節慶

宗教	しゅう教 （きょう）	<u>秀烏</u> <u>克有烏</u>
佛教	仏教 （ぶっきょう）	不∨<u>克有烏</u>
佛	仏 （おとけ）	歐偷開
道教	道教 （どうきょう）	<u>豆烏</u> <u>克有烏</u>
回教	イスラムキョウ	伊斯拉慕<u>克有烏</u>
猶太教	猶太教 （ゆだやきょう）	油達呀 <u>克有烏</u>
基督教	キリストきょう	<u>克伊利斯偷</u><u>克有烏</u>
天主教	カトリック	卡偷利∨庫
廟	びょう	比有
寺	寺 （てら）	帖拉
和尚	おしょう	<u>歐西有烏</u>
喇嘛寺	喇嘛寺 （らまてら）	拉馬帖拉

尼姑	尼（あま）	阿馬
道士	道士（どうし）	豆烏西
牧師	牧師（ぼくし）	破庫西
神明	神様（かみさま）	卡米薩馬
耶穌	イエス	伊唉斯
神伺	神社（じんじゃ）	集恩 集呀
禮拜堂	教会（きょうかい）	克伊有卡伊
念經	念仏（ねんぶつ）	内恩舗資
聖經	聖書（せいしょ）	謝伊西有
葬禮	葬儀（そうぎ）	叟哥伊
火葬	火葬（かそう）	卡叟
土葬	土葬（どそう）	豆叟
參拜	まいり	馬伊利

掃墓	墓まいり はか	哈卡馬伊利
中元節	中元 ちゅうげん	基油 給恩
七夕	たなばた	他納巴他
結婚儀式	結婚式 けっこんしき	開∨空西克伊
祈禱	お祈リ いの	歐伊諾利
除夕	おおみそか	歐歐米叟卡
新年	お正月 しょうがつ	歐西有烏 嘎資
中秋節	中秋節 ちゅうしゅうせつ	基油 西油謝資
端午節	端午節句 たんごせつく	他恩勾謝∨庫
冬至	冬至 とうじ	偷烏集
梅雨	つゆ	資油
生日	誕生日 たいじょうび	他恩 集有比
祭日	祭日 さいじつ	薩伊集資

紀念日	紀念日 き ねん び	克伊 內恩比
孔子節	孔子節 こう し せつ	寇烏西謝資
青年節	青年節 せいねんせつ	謝伊內恩謝資
國慶日	国の日 く に ひ	庫泥諾黑伊
耶誕節	クリスマス	庫利斯馬斯

十四 軍 備

陸海空軍總司令部 りっかいくうぐんそう し れい ぶ		利∨卡伊庫烏骨 叟烏西累伊不
陸軍	陸軍 りくぐん	利庫骨恩
海軍	海軍 かいぐん	卡伊骨恩
空軍	空軍 くうぐん	庫烏骨恩
騎兵	騎兵 き へい	克伊 黑伊
砲兵	砲兵 ほうへい	后烏黑伊

憲兵	憲兵 <small>けんペン</small>	開恩　佩伊
兵營	兵営 <small>へいえい</small>	黑伊　唉伊
工兵	工兵 <small>こうへい</small>	寇烏黑伊
軍團	軍団 <small>ぐんだん</small>	骨恩　達恩
師團	師団 <small>しだん</small>	西達恩
團	聯隊 <small>れんたい</small>	累恩他伊
營	大隊 <small>だいたい</small>	達伊他伊
連	中隊 <small>ちゅうたい</small>	集油他伊
排	小隊 <small>しょうたい</small>	西有他伊
班	班 <small>はん</small>	哈恩
常備兵	常備兵 <small>じょうびへい</small>	集有比黑伊
後備兵	後備兵 <small>こうびへい</small>	寇烏比黑伊
在鄉軍人	在後軍人 <small>ざいごうくんじん</small>	雜伊勹　庫恩　集恩

現役軍人	現役軍人 <ruby>げんえきくんじん</ruby>	給恩唉克伊 庫恩 集恩
步兵	步兵 <ruby>ほへい</ruby>	后黑伊
輜重兵	輜重兵 <ruby>しちょうへい</ruby>	西基有黑伊
兵工廠	兵器廠 <ruby>へいきしょう</ruby>	黑伊克伊 西有
裝甲兵	戰車兵 <ruby>せんしゃへい</ruby>	謝恩 西呀 黑伊
軍械庫	兵器倉庫 <ruby>へいきそうこ</ruby>	黑伊克伊叟烏寇
原子彈	原子爆弾 <ruby>げんしばくだん</ruby>	給恩西吧庫達恩
炸彈	爆だん <ruby>ばく</ruby>	吧庫達恩
炸藥	爆藥 <ruby>ばくやく</ruby>	吧庫呀庫
手榴彈	手榴弾 <ruby>しゅりゅうだん</ruby>	西油 利油 達恩
步槍	鐵ぽう <ruby>てっ</ruby>	帖∨破烏——
機關槍	機關銃 <ruby>きかんじゅう</ruby>	克伊 卡恩 集油
子彈	弾丸 <ruby>だんがん</ruby>	達恩 嘎恩

地雷	地雷 じらい	集拉伊
水雷	魚雷 ぎょらい	哥伊有 拉伊
煙幕彈	煙幕弾 えんまくだん	唉恩馬庫達恩
手槍	拳銃 けんじゅう	開恩 集油
大砲	大砲 たいほう	他伊后烏
迫擊砲	迫擊砲 はくげきほう	哈庫給克伊后烏
砲彈	砲弾 ほうだん	后烏達恩
信號彈	信號弾 しんこうだん	新寇烏 達恩
軍艦	軍艦 ぐんかん	骨恩 卡恩
戰車	タンク	他恩庫
火藥庫	火薬倉庫 かやくそうこ	卡呀庫叟烏寇
軍隊	軍隊 ぐんたい	骨恩他伊
軍官	將校 しょうこう	西約寇烏

士兵	<ruby>兵隊<rt>へいたい</rt></ruby>	黑伊他伊
司令官	<ruby>司令官<rt>しれいかん</rt></ruby>	西累伊<u>卡恩</u>
指揮官	<ruby>指揮官<rt>しきかん</rt></ruby>	西克伊 卡恩
上將	<ruby>大將<rt>たいしょう</rt></ruby>	他伊修
中將	<ruby>中將<rt>ちゅうしょう</rt></ruby>	<u>基油</u>修
少將	<ruby>少將<rt>しょうしょう</rt></ruby>	嗅修
上校	<ruby>大佐<rt>たいさ</rt></ruby>	太沙
中校	<ruby>中佐<rt>ちゅうさ</rt></ruby>	<u>基油</u>沙
少校	<ruby>少佐<rt>しょうさ</rt></ruby>	嗅沙
上尉	<ruby>大尉<rt>たいい</rt></ruby>	太伊
中尉	<ruby>中尉<rt>ちゅうい</rt></ruby>	<u>基油</u>伊
少尉	<ruby>少尉<rt>しょうい</rt></ruby>	嗅伊
上士	<ruby>曹長<rt>そうちょう</rt></ruby>	叟烏<u>基油</u>

下士	<ruby>伍長<rt>ご ちょう</rt></ruby>	勹<u>基</u>油
一等兵	<ruby>一等兵<rt>いつとうへい</rt></ruby>	伊∨偷<u>黑</u>伊
俘虜	<ruby>俘虜<rt>ほ りよ</rt></ruby>	后利有
投降	<ruby>降參<rt>こうさん</rt></ruby>	寇烏散
遊擊	ゲリラ	給利拉
交戰	<ruby>交戰<rt>こうせん</rt></ruby>	寇烏謝恩

十五　行　業

政治家	<ruby>政治家<rt>せい じ か</rt></ruby>	謝伊集卡
新聞記者	<ruby>新聞記者<rt>しんぶん き しゃ</rt></ruby>	新 <u>不恩</u> <u>克伊</u> <u>西呀</u>
作家	<ruby>作家<rt>さっ か</rt></ruby>	薩∨卡
畫家	<ruby>画家<rt>が か</rt></ruby>	嘎卡
工程師	<ruby>技師<rt>ぎ し</rt></ruby>	<u>哥伊西</u>
攝影師	<ruby>撮影師<rt>さっえいし</rt></ruby>	薩資唉伊西

廚師	コック	寇∨庫
鐵匠	鍛冶屋 <ruby>かじや</ruby>	卡集呀
木匠	大工 <ruby>だいく</ruby>	達伊庫
水泥匠	左官 <ruby>さかん</ruby>	薩卡恩
鞋匠	鞋屋 <ruby>くつや</ruby>	庫資呀
油漆匠	ペンキ屋	佩恩 克伊呀
裁縫師	裁縫師 <ruby>さいほうし</ruby>	薩伊后烏西
印刷工	印刷工 <ruby>いんさつこう</ruby>	伊恩薩資寇烏
工人	職工 <ruby>しょっこう</ruby>	西有∨寇烏
理髮師	床屋 <ruby>とこや</ruby>	偷寇呀
媒人	仲人 <ruby>なこうど</ruby>	納寇烏豆
獵人	獵師 <ruby>りょうし</ruby>	利有烏西
工役	給仕 <ruby>きゅうじ</ruby>	伊油烏集

旅館	旅館 <ruby>りょかん</ruby>	利有　卡恩
觀光酒店	觀光ホテル <ruby>かんこう</ruby>	卡恩　寇烏后帖魯
待役	ボーーイ	薄——伊
歌手	歌手 <ruby>かしゅ</ruby>	卡秀
音樂家	音楽家 <ruby>おんがくか</ruby>	歐恩　哥伊　庫卡
作曲家	作曲家 <ruby>さっきょくか</ruby>	薩∨克有庫卡
郵局	郵便局 <ruby>ゆうびんきょく</ruby>	油比恩　克有庫
郵差	郵便配達 <ruby>ゆうびんはいたつ</ruby>	油比恩哈伊他資
妓女院	女郎屋 <ruby>じょろうや</ruby>	集有洛烏呀
魚商	魚屋 <ruby>さかなや</ruby>	薩卡納呀
米商	米屋 <ruby>こめや</ruby>	寇妹呀
農夫	農夫 <ruby>のうふ</ruby>	諾烏呼
教授	教授 <ruby>きょうじゅ</ruby>	克有　集油

教員	教員 <small>きょう いん</small>	<u>克有</u> 陰
學生	学生 <small>がくせい</small>	<u>哥伊庫謝伊</u>
律師	弁護士 <small>べん ご し</small>	<u>杯恩勾西</u>
掌櫃	番頭 <small>べんとう</small>	<u>佩恩偷烏</u>
夥計	手代 <small>て たい</small>	帖他伊
董事長	社長 <small>しゃ ちょう</small>	<u>西呀</u> <u>基有</u>
老闆（老爺）	旦那 <small>だん ナ</small>	<u>達恩</u>納
男服務生	ボーイ	薄一伊
丫頭	小間使 <small>こまづかい</small>	寇馬知卡伊

十六　商業

生意人	商人 <small>しょうにん</small>	<u>西有</u> <u>泥恩</u>
貿易	貿易 <small>ぼうえき</small>	薄烏唉<u>克伊</u>
現金	現金 <small>げんきん</small>	<u>給恩</u> <u>克伊恩</u>

支票	小切手 こぎって	寇哥伊∨帖
匯票	為替券 かわせけん	卡娃謝開恩
貸款	貸金 かしきん	卡西克伊恩
貨款	代金 だいきん	達伊克伊恩
貨物	品物 しなもの	西納某諾
樣本	サンプル	薩恩 不魯
訂貨	注文 ちゅうもん	集油 某恩
存貨	在庫品 ざいこうひん	雜伊寇黑伊恩
廣告	広告 こうこく	寇烏寇庫
生意鼎盛	商売繁昌 しょうばいはんじょう	西有吧伊哈恩 集有
紅利	純益 じゅんえき	集恩唉克伊
訂金	手付金 てつけきん	帖資開克伊恩
手續費	手数料 てすうりょう	帖斯烏利有

資本	資本 <small>しほん</small>	西后恩
商號	商号 <small>しょうごう</small>	西有 勾烏
本行	本店 <small>ほんてん</small>	后恩 帖恩
分行	支店 <small>してん</small>	西帖恩
股東	株主 <small>かぶぬし</small>	卡不奴西
股票	株券 <small>かぶけん</small>	卡不開恩
信用狀	信用状 <small>しんようじょう</small>	新又救
信用狀	LC	唉如西
報關手續	通関手続 <small>つうかんてつづき</small>	資烏看帖資知克伊
船上交貨	FOB条件 <small>じょうけん</small>	FOB 救開恩
貨價、保險、運費條件	CIF条件 <small>じょうけん</small>	CIF 救開恩
出口	輸出 <small>ゆしゅつ</small>	油西油資
進口	輸入 <small>ゆにゅう</small>	油泥油烏

印花	印紙 いんし	陰西
裝船	船積み ふなつ	呼納資米
提單	送り狀 おくじょう	歐庫利救
退稅	もどし稅 ぜい	某豆西賊伊
負責人	支配人 しはいにん	西黑伊 泥恩
股份公司	株式會社 かぶしきかいしゃ	卡不西克伊 卡伊 西呀
國際商業發票	インボイス	伊恩 破伊斯
收據	領收書 りょうしゅうしょ	利有 西油 西有
算帳	勘定 かんじょう	卡恩救
招牌	看板 かんばん	卡恩 吧恩
顧客	お客さん きゃく	歐克呀庫桑
市場調查	市場調查 しじょうちょうさ	西救基有沙
減價	ねさげ	內沙給

運費	運賃 うんちん	溫慶
退貨	返品 へんぴん	黑恩聘
商標	トレードマーク	偷累豆馬一庫
市場	マーケツト	馬一開∨偷
百貨店	百貨店 ひゃかてん	黑伊亞卡唉恩
價格	ねだん	內蛋
超級市場	スーパーマーケット	斯一帕馬一開∨偷
鐘錶店	時計屋 とけいや	偷開伊呀
電器行	電気や でんき	跌恩 克伊呀
肉店	肉屋 にくや	尼庫呀
水果店	果物屋 くだものや	庫達某諾呀
酒吧	バー	吧一
樂器行	樂器屋 がっきや	嘎∨ 克伊呀
咖啡廳	喫茶店 きっさてん	克伊∨沙帖恩

文具行	文具屋 ぶんぐや	<u>不恩</u> 骨呀
人壽保險	生命保險 せいめいほけん	<u>謝伊妹伊后開恩</u>
活期存款	当座預金 とうざよきん	豆雜有<u>克伊恩</u>
利息	利子 りし	利西
批發店	問屋 とんや	同呀
古玩店	骨董屋 こっとうや	寇∨同呀
玩具行	おもちゃ屋 や	歐某架呀
洗衣店	クリーニングや	庫利－泥恩骨呀

十七　動　物

動物	動物 どうぶっ	豆不資
老虎	虎 とら	偷拉
豹子	豹 ひょう	<u>黑伊油烏</u>
獅子	獅子 しし	西西

象	象<ruby>ぞう</ruby>	濁烏
熊	熊<ruby>くま</ruby>	庫馬
馬	馬<ruby>うま</ruby>	烏馬
羊	羊<ruby>ひつじ</ruby>	<u>黑伊</u>資集
猴	猿<ruby>さる</ruby>	薩魯
牛	牛<ruby>うし</ruby>	烏西
蛇	蛇<ruby>へび</ruby>	黑比
龍	龍<ruby>りゅう</ruby>	<u>利油</u>
狗	犬<ruby>いぬ</ruby>	伊奴
北京狗	ピキニース	僻<u>克</u>伊泥一斯
貓	貓<ruby>ねこ</ruby>	內寇
驢子	驢馬<ruby>ろば</ruby>	洛吧
鹿	鹿<ruby>しか</ruby>	西卡

駱駝	らくだ	拉庫達
狼	おおかみ	歐歐卡米
豬	豚 ぶた	不他
野豬	猪 いのしし	伊諾西西
兔子	兔 うさぎ	烏薩哥伊
狐狸	狐狸 き つね	克伊資內
老鼠	鼠 ねずみ	內知米
壁虎	やもり	呀某利
孔雀	くじゃく	庫集呀庫
麻雀	すずめ	斯知妹
鳥	鳥 とり	偷利
雞	雞 にわとり	泥娃偷利
公雞	雄雞 おんどり	歐恩豆利

母雞	雌雞 （めんどり）	妹恩豆利
小雞	雛雞 （ひなどり）	黑納豆利
火雞	七面鳥 （しちめんちょう）	西基妹恩就烏
鴨	鶩 （あひる）	阿黑伊魯
鵝	がちょう	嘎基有烏
雁	雁 （がん）	嘎恩
鴿子	鳩 （はと）	哈偷
喜鵲	かささぎ	卡薩薩哥伊
燕子	燕 （つばめ）	資巴妹
烏鴉	烏 （からす）	卡拉斯
鷺鷥	サギ	薩哥伊
畫眉	ツグミ	資骨米
鷹	鷹 （たか）	他卡

杜鵑	ほととぎす	后偷偷<u>哥伊</u>斯
鸚鵡	<ruby>鸚<rt>おう</rt></ruby><ruby>鵡<rt>む</rt></ruby>	歐烏慕
黃鶯	うげいす	<u>烏給伊</u>斯
麻雀	スズメ	斯知妹
龜	かめ	卡妹
鱷魚	わに	娃泥
毒蛇	<ruby>毒<rt>どく</rt></ruby>へび	豆庫黑比
龍	<ruby>龍<rt>りゅう</rt></ruby>（たつ）	利油烏（他資）
蚊子	か	卡
蒼蠅	はえ	哈唉
蝦	えび	唉比
蝴蝶	ちょうちょう	<u>基有</u> <u>基有</u>
蟬	せみ	謝米

螢火蟲	ほたる	后他魯
海鷗	かもめ	卡某妹
海參	なまこ	納馬寇
烏賊	いか	伊卡
章魚	たこ	他寇
貝	<ruby>貝<rt>かい</rt></ruby>	卡伊
牡蠣	かき	卡克伊
蛤仔	あさり	阿沙利
蛙	かえる	卡唉魯
鼈	すっぽん	斯∨破
鯨	くじら	庫集拉
蟹	かに	卡泥
鯊魚	さめ	沙妹

十八 植物

植物	植物（しょくぶつ）	西有庫不資
樹	木（き）	克伊
草	草（くさ）	庫薩
花	花（はな）	哈納
葉子	木の葉（こ は）	寇諾哈
樹幹	幹（みき）	米克伊
梅	梅（うめ）	烏妹
柏	かしわ	卡西娃
樟樹	樟（くすのき）	庫斯諾克伊
梧桐	桐（きり）	克伊利
杉樹	すぎ	斯哥伊
檜木	檜（ひのき）	黑伊諾克伊

桑樹	桑〔くわ〕	庫娃
椿樹	椿〔つばき〕	資吧克伊
檳榔樹	檳榔樹〔びんろうじゅ〕	比恩洛烏集油
桃樹	桃〔もも〕	某某
柳樹	柳〔やなぎ〕	呀那哥伊
棗樹	棗〔なつめ〕	納資妹
櫻花	櫻〔さくら〕	薩庫拉
柿樹	柿〔かき〕	卡克伊
松樹	松〔まつ〕	馬資
橘樹	蜜柑〔みかん〕	米卡恩
李子	李〔すもも〕	斯某某
萬年青	萬年青〔おもと〕	歐某偷
茉莉花	じゃすみん	集呀斯米恩

百日紅	百日紅 （ひゃくじつこう）	<u>黑呀庫集資寇烏</u>
牡丹	牡丹 （ぼたん）	薄<u>他恩</u>
杜鵑花	躑躅 （つつじ）	資資集
菊花	菊 （きく）	<u>克伊庫</u>
茶芒	山吹 （やまぶき）	呀馬不<u>克伊</u>
蘭花	蘭 （らん）	<u>拉恩</u>
藤蘿花	藤 （ふじ）	呼集
海棠	海棠 （かいどう）	卡伊豆烏
石榴	ざくろ	雜庫洛
芍藥花	芍藥 （しゃくやく）	<u>西呀庫呀庫</u>
桃花	桃花 （ももばな）	某某吧納
玫瑰	ばら	吧拉
薔薇	濱茄 （はまなす）	哈馬納斯

水仙花	水仙 （すいせん）	斯伊謝恩
山茶花	さざんか	薩雜恩卡
荷花	蓮花 （はすのはな）	哈斯諾哈納
夏菊	エゾ菊 （きく）	唉濁 克伊庫
野花	野花 （のばな）	諾吧納
百合花	百合 （ゆり）	油利
玉蜀黍	とうもろこし	偷某洛寇西
馬鈴薯	じゃがいも	集嘎伊某
糯米	もちごめ	某基勾妹
高麗菜	きゃべつ	克伊呀杯資
芹菜	セロリ	謝洛利
番茄	トマト	偷馬偷
甘薯	さつまいも	沙資馬伊某

竹筍	たけのこ	他開諾寇
韮菜	にら	泥拉
黃瓜	きゅうり	<u>克伊</u>油利
蘿蔔	大根 （だいこん）	達伊<u>寇恩</u>
紫菜	のり	諾利
洋葱	たまねぎ	他馬內<u>哥伊</u>
菠菜	ほうれんそう	后烏<u>雷恩</u>曳
白菜	白菜 （はくさい）	哈庫賽
藕	れんこん	<u>雷恩</u> <u>寇恩</u>
薑	しょうが	西有<u>哥伊</u>
草莓	いちご	伊基勾
枇杷	びわ	比娃
芒果	マンゴー	<u>馬恩</u>勾ー

荔枝	ライチ	拉伊集
龍眼	りゅうがん	利油幹恩
柿	かき 柿	卡克伊
棗	なつめ	納資妹
鳳梨	パイナップル	帕納∨舖魯
西瓜	すいか	斯伊卡
木瓜	パパイヤ	帕帕呀
椰子	やし	呀西
石榴	ざくろ	雜庫洛

十九　礦物、工業

五金	きんぞく 金属	克伊恩　濁庫
金	きん 金	克伊恩
銀	ぎん 銀	哥伊恩

鐵	鉄 てつ	帖資
銅	銅 どう	豆烏
錫	錫 すず	斯知
鋼鐵	鋼鉄 こうてつ	寇烏帖資
白金	白金 はくきん	哈庫<u>克伊恩</u>
黃金	黃金 おうごん	歐烏<u>勾恩</u>
白銅	白銅 はくどう	哈庫豆烏
黃銅	真鍮 しんちゅう	<u>西恩 集油</u>
紅銅	赤銅 あかどう	阿卡豆烏
鉛	鉛 なまり	納馬利
沙金	沙金 しゃきん	西呀<u>克伊恩</u>
金條	金塊 きんかい	<u>克伊恩卡伊</u>
鐵絲	針金 はりがね	哈利嘎內

銅絲	銅線（どうせん）	豆烏謝恩
鐵條	鉄條（てつじょう）	帖資救
鐵板	てっぱん	帖∨帕恩
鋁	アルミ	阿魯米
空氣	空気（くうき）	庫克伊
氧化	酸化（さんか）	散卡
石油	石油（せきゆう）	謝克伊油
塑膠	プラスチック	不拉斯基∨庫
望遠鏡	望遠鏡（ぼうえんきょう）	薄烏　唉恩　克油
真空管	真空管（しんくうかん）	新庫烏看
反應	反応（はんのう）	寒諾
反射	反射（はんしゃ）	寒西呀
顯微鏡	けんびきょう	開必克伊有

電力	電力 でんりょく	跌恩 利有庫
光	光 ひかり	黑伊卡利
物理	物理 ふつり	呼資利
化學	化学 かがく	卡哥伊庫
天線	アンテナ	安帖納
短波	短波 たんぱ	談吧
化學元素	化学元素 かがくげんそ	卡哥伊庫給恩叟
容器	容器 ようき	有烏 克伊
燃料	燃料 ねんりょう	捻利油
木材	木材 もくざい	某庫雜伊
材料	材料 ざいりょう	雜伊 利油
炭	炭 すみ	斯米
電線	コード	寇一豆

水泥	セメント	謝悶偷
鋼筋	鉄筋<ruby>鉄筋<rt>てつきん</rt></ruby>	帖∨克伊恩
氫	水素<ruby>水素<rt>すいそ</rt></ruby>	斯伊叟
氧	酸素<ruby>酸素<rt>さんそ</rt></ruby>	散叟
大理石	大理石<ruby>大理石<rt>だいりせき</rt></ruby>	達伊利謝 克伊
原子	原子<ruby>原子<rt>げんし</rt></ruby>	給恩西
元素	元素<ruby>元素<rt>げんそ</rt></ruby>	給恩叟
電視	テレビ	帖雷比
彩色電視	カラーテレビ	卡拉－帖雷比
麥克風	マイク	馬伊庫
錄影機	ビデオ	比跌歐
耳機	ヘットホン	黑∨豆后恩
唱片	レコード	雷寇－豆

立體音響	ステレオ	斯帖雷歐
錄音機	テープレコーダー	帖－舖雷寇達－
錄音帶	テープ	帖－舖
電子計算機	電子計算機（でんしけいさんき）	跌恩西開伊散克伊
電冰箱	冷藏庫（れいぞうこ）	雷伊濁寇
電扇	扇風機（せんぷうき）	謝恩舖克伊
發電廠	発電所（はつでんしょ）	哈∨跌恩　西有
電錶	電器メータ（でんき）	跌恩　克伊妹－他
水錶	水道メータ（すいどう）	斯伊豆妹－他
馬達	モータ	某－他
機器人	ロボット	洛薄∨偷
開關	スイッチ	斯伊∨基
機械	機械（きかい）	克伊卡伊

起重機	クレーン	苦<u>雷</u>恩

二十　娛樂、運動、文化

收音機	ラジオ	拉集歐
電影	映画 <small>えい が</small>	唉伊<u>哥</u>伊
電影院	映画館 <small>えい が かん</small>	唉伊<u>哥</u>伊看
主角	主役 <small>しゅやく</small>	修呀庫
導演	監督 <small>かんとく</small>	看偷庫
電視公司	テレビ局 <small>きょく</small>	帖雷比<u>克</u>伊有庫
體育節目	スポーツ番組 <small>ばんぐみ</small>	斯破一資搬骨米
實況轉播	なま放送 <small>ほうそう</small>	納馬<u>后</u>鳥叟
娛樂節目	娛樂番組 <small>ごらくばんぐみ</small>	勾拉庫搬骨米
攝影	撮影 <small>さつえい</small>	沙資<u>唉</u>伊
釣魚	つり	資利

照相機	カメラ	卡妹拉
海水浴場	海水浴場 （かいすいよくじょう）	<u>卡伊 斯伊 有庫</u>救
游泳	水泳 （すいえい）	<u>斯伊 唉伊</u>
滑水	なみのり	納米諾利
汽艇	モーターボート	某－他－薄－偷
聯歡會、宴會	パーテイー	帕－<u>帖伊</u>
舞會	ダンスパーテイ	<u>達恩</u>斯帕－<u>帖伊</u>
歡送會	送別會 （そうべつかい）	<u>叟烏 杯資 開伊</u>
禮物	プレゼント	舖雷賊恩偷
相片	写真 （しゃしん）	<u>西呀信</u>
足球	フットボール	呼∨偷薄－魯
橄欖球	ラグビー	拉骨比－
手球	ハンドボール	寒豆薄－魯

桌球	卓球 （たっきゅう）	他∨克伊油
球拍	ラケット	拉開∨偷
網球	テニス	帖泥斯
羽毛球	バドミントン	吧豆明偷恩
棒球	野球 （やきゅう）	呀克伊油
教練	コーチ	寇－基
投球	ピッチヤー	僻∨基呀－
捕手	キャッチャー	克伊∨基呀－
出局	アウト	阿烏偷
安打	安打 （あんだ）	安恩達
三振	三振 （さんしん）	散信
全壘打	ホームラン	后－慕拉恩
籃球	バスケットボール	巴士開∨偷薄－魯

摔角	レスリング	雷斯利恩骨
空手道	からて	卡拉帖
柔道	柔道（じゅうどう）	救豆恩
拳擊	ボクシンク	薄庫信庫
高爾夫球	ゴルフ	勾魯呼
太鼓	タイコ	他伊寇
太極拳	タイキョクケン	他伊克有庫開恩
教育制度	教育制度（きょういくせいど）	克伊有庫 謝伊豆
學問	学問（がくもん）	哥阿庫夢
小學校	小学校（しょうがつこう）	西有 哥伊寇
初中	中学校（ちゆうがつこう）	基油 哥伊寇
高中	高等学校（こうとうがつこう）	寇烏偷哥伊寇
大學	大学（だいがく）	達伊 哥伊庫

研究所	大学院 だいがくいん	達伊 哥伊庫陰
職業學校	職業学校 しょくぎょうがっこう	西有庫<u>哥伊</u>烏<u>哥伊</u>寇
函授	通信教育 つうしんきょういく	資烏信<u>克伊</u>有伊庫
國立學校	國立学校 こくりつがっこう	寇庫利資<u>哥伊</u>寇
私立學校	私立学校 しりつがっこう	西利資<u>哥伊</u>寇
教室	教室 きょうしつ	<u>克伊</u>有西資
校門	校門 こうもん	寇烏夢
文學院	文学部 ぶんがくぶ	不<u>哥伊</u>庫部
理學院	理学部 りがくぶ	理<u>哥伊</u>庫部
工學院	工学部 こうがくぶ	<u>寇烏</u> <u>哥伊</u>庫部
醫學院	醫学部 いがくぶ	伊<u>哥伊</u>庫部
經濟(商)學院	經濟学部 けいざいがくぶ	<u>開伊</u>雜<u>哥伊</u>庫部
中國文學	中國文学 ちゅうごくぶんがく	<u>基油勾庫</u>不<u>哥伊</u>庫
日本文學	日本文学 にほんぶんがく	泥后恩笨<u>哥伊</u>庫

西洋文學	西洋文学 ^{せいようぶんがく}	謝伊又笨哥伊庫
中國史	東洋史 ^{とうようし}	偷又烏西
英國文學	英文学 ^{えいぶんがく}	唉笨哥伊庫
碩士	修士 ^{しゅうし}	西油西
博士	博士 ^{はかせ}	哈卡謝
地理	地理 ^{ちり}	基利
歷史	歷史 ^{れきし}	雷克伊西
外語	外国語 ^{がいこくご}	哥伊伊泥庫勾
哲學	哲学 ^{てつがく}	帖資哥伊庫
論文	論文 ^{ろんぶん}	龍不恩
統計	統計 ^{とうけい}	頭開伊
課程	コース	寇一斯
上課	授業 ^{じゅぎょう}	集油哥伊又
畢業	卒業 ^{そつぎょう}	叟資哥伊又

入學	入学 りゅうがく	牛哥伊庫
時間表	時間割 じかんわり	集看娃利
學費	学費 がくひ	<u>哥伊庫黑伊</u>
期末考	期末試験 きまつしけん	<u>克伊</u>馬資西肯
體育館	體育館 たいいくかん	台伊庫看
圖書館	圖書館 としょかん	偷西有看
測驗	テスト	帖斯偷
零分	零点 れいてん	雷帖恩
最後一名	ドリ	豆利
口試	口頭試問 こうとうしもん	口投西夢
文科	文科 ぶんか	<u>不恩卡</u>
理科	理科 りか	理卡
家長會	PTA	皮一特伊一唉
校友會	同窓会 どうそうかい	豆烏索<u>卡伊</u>

校長	校長 こうちょう	寇烏 基有
紙	紙 かみ	卡米
墨水	インク	印一庫
原子筆	ボールペン	薄一魯杯恩
漿糊	のり	諾利
日記	日記 につき	泥∨克伊
硯	硯 すずり	斯知利
橡皮擦	けしゴム	開西勾慕
日曆	カレンダー	卡雷恩達一
信紙	びんせん	比恩 謝恩
筆記簿	ノート	諾一偷
寒假	冬休み ふゆうやす	呼油呀斯米
暑假	夏休み なつやす	納資呀斯米
遊行	パレード	吧雷一豆

第三章 會話

一　招呼、初會

1. 早安
おはようございます。
歐哈<u>有烏</u>勾雜伊馬斯。

2. 午安
こんにちは。
<u>寇恩</u>尼基娃。

3. 晚安
こんばんは。
<u>寇恩</u>棒娃。

4. 再見
さようなら。
沙有納拉。

5. 你早，到哪兒去？
おはようございます。どちらまで？
歐哈<u>有烏</u>勾雜伊馬斯。豆基拉馬跌？

129

6. 到車站
   駅にいきます。
   唉<u>克</u><u>伊</u>泥伊<u>克</u><u>伊</u>馬斯。

7. 旅行嗎？
   ご旅行ですか？
   勾<u>利</u><u>有</u>寇烏跌斯卡？

8. 是的，要到高雄看一個親戚。
   はい、高雄の親戚に会いに行きます。
   <u>哈伊</u>，他卡歐諾西恩謝<u>克伊</u>泥阿伊泥伊<u>克伊</u>馬斯。

9. 是嗎？請慢走。
   そうですか。いってらっしゃい。
   叟烏跌斯卡。伊∨帖伊拉∨<u>西呀伊</u>。

10. 張先生，你好（白天）。
    張さん、こんにちは。
    <u>基約</u>桑、空泥基娃。

11. 李先生，你好，近來忙嗎？
    李さん、こんにちは。お忙しいですか？
    <u>利</u>桑，空泥基娃。歐伊叟嘎西伊跌斯卡？

12. 普通。
まあまあです。
罵啊罵啊跌斯。

13. 大家都好吧？
みなさんお元気^{げんき}ですか？
米那桑歐<u>給恩</u> 克伊跌斯卡？

14. 託您的福，很好。
ええ、おかげさまで元気^{ばんき}です。
唉唉、歐卡給薩馬跌<u>給恩</u> 克伊跌斯。

15. 晚安，林先生。
こんばんは。林^{りん}さん！
寇恩吧恩娃。<u>利恩</u>桑！

16. 吳先生。你好（晚上）。
どうも、呉^ごさん。こんばんは。
豆烏某、勾桑。<u>寇恩 吧恩</u>娃。

17. 好久不見。要去哪兒？
おひさしぶりです。どちらへ？
歐<u>黑</u>伊薩西不利跌斯。豆基拉黑？

18. 最近都在台北。

最近はずっと台北です。

薩伊　克伊恩娃知∨偷他伊配跌斯。

19. 有空請來玩。

一度遊びに来てください。

伊基豆阿叟比泥克伊帖庫達薩伊。

20. 好的，一定。

はい、ぜひ。

哈伊、賊黑伊。

21. 好久不見。

おひさしぶりですね！

歐黑伊薩西不利跌斯內。

22. 啊，周先生。

ああ、周さん！

阿，西烏桑！

23. 現在才剛從東京回來。

今東京から帰ったばかりです。

伊馬偷烏克約卡拉卡唉∨他吧卡利跌斯。

24. 你回來了。

おかえりなさい。

歐卡唉利納薩伊。

25. 這是東京的土產，請收下。

これは東京のおみやげです。どうぞ。

寇雷娃偷烏 克烏諾歐米呀給跌斯。豆烏濁。

26. 真是麻煩你了。

わざわざどうも。すてきですね。

娃雜娃雜豆烏某。斯帖克伊跌斯內。

27. 你能喜歡，實在是感到光榮。

気に入っていただいて光栄です。

克伊泥伊∨帖伊他達伊帖寇烏 唉伊跌斯。

※　　　　　※　　　　　※

1. 初次見面，請多多指教。

はじめまして，どうぞよろしく。

哈基妹馬西帖，豆濁有洛西庫。

2. 名字是……
お名前（なまえ）は？
歐納馬唉娃？

3. 我姓陳。
私（わたし）は陳（ちん）と申（もう）します。
娃他西娃 進恩偷 某烏西馬斯。

4. 那位呢？
あの方（かた）は？
阿諾卡他娃？

5. 我的同學。
私（わたし）の同級生（どうきゅうせい）です。
娃他西諾 豆烏 克烏 謝伊跌斯。

6. 他是做什麼的？
彼（かれ）のお仕事（しごと）は？
卡雷諾歐西勾偷娃？

7. 新聞記者。
新聞記者（しんぶんきしゃ）です。
西恩 不恩 克伊西呀跌斯。

8. 你的興趣是什麼？

ご趣味は何ですか？

勾咻米娃納恩跌斯卡？

9. 我喜歡音樂。

私は音樂が好きです。

娃他西娃歐恩 哥伊庫嘎斯克伊跌斯。

10. 對不起，能給我一杯水嗎？

すみません、水を一杯いただけますか？

斯米馬謝恩、米資歐伊∨帕伊伊他達開馬斯卡？

11. 是的，請。

はい、どうぞ。

哈伊、豆烏濁。

12. 已經吃過飯了嗎？

もうお食事はお済みですか？

某烏歐西有庫集娃歐斯米跌斯卡？

13. 是的，已經吃了。

はい、もう食べました。

哈伊、某烏他杯馬西他。

14. 那麼請吃個水果吧。

では果物<ruby>くだもの</ruby>でもどうぞ。

跌娃庫達某諾跌某豆烏濁。

15. 那就不客氣。

じゃお遠慮<ruby>えんりょ</ruby>なく。

<u>集啊歐唉恩</u>流納庫。

16. 有什麼事嗎？

何<ruby>なに</ruby>かご用<ruby>よう</ruby>ですか？

納泥卡勾<u>有烏</u>跌斯卡？

17. 這裡有一位姓黃的嗎？

こちらに黃さんという方<ruby>かた</ruby>はいらっしゃいますか？

寇基拉泥<u>寇烏</u>桑偷伊烏卡他娃伊拉∨謝伊媽斯卡？

18. 這裡沒有。

こちらにはおりませんが……

寇基拉泥娃歐利馬<u>謝恩</u>嘎…

19. 是嗎。對不起。
そうですか。失礼しました。
叟烏跌斯卡。西資雷伊西馬西他。

20. 請等一下。
ちょっとよろしいでしょうか。
基有∨偷有洛西伊跌西有卡。

21. 是，有什麼事嗎？
はい、何か？
哈伊、納泥卡？

22. 對不起。請問貴姓大名。
失礼ですが、お名前は？
西資雷伊跌斯嘎、歐納馬咦娃。

23. 我叫鄭國雄。
私は鄭國雄と申します。
娃他西娃帖伊寇庫油烏偷某烏西馬斯。

24. 鄭先生，我叫王森，請多指教。
鄭さん、私は王森と申します。どうぞよろしく。
帖伊桑、娃他西娃歐烏 西恩偷某烏西馬斯。豆
烏濁有洛西庫。

25. 這是一點心意。
心にかりの品物です。
寇寇洛泥卡利諾西納莫諾跌斯。

26. 給我這麼好的東西，謝謝您。
こんなに良い物を頂いて、ありがとう。
寇恩納泥伊伊某諾歐伊他達以帖、阿利嘎偷。

27. 風景很漂亮。
景色がきれいですね。
克伊西克伊嘎克伊雷伊跌斯內。

28. 可不是嗎，一起去散步吧。
そうですね。散歩でもしましょう。
叟烏跌斯內。薩恩薄跌某西馬西有。

29. 你的日本話很不錯嘛。
日本語がお上手ですね。
泥后恩勾嘎歐救知跌斯內。

30. 不！還不行呢。
いいえ、まだまだです。
伊──唉、馬達馬達跌斯。

31. 在哪學的？

どこで習いましたか？

豆寇跌納拉伊馬西他卡？

32. 是買書自修的。

本を買って自分で勉強しました。

后恩歐卡∨帖集笨跌杯恩　克有西馬西他。

33. 對不起，請問貴庚？

失礼ですがおいくつですか？

西資雷伊跌斯嘎歐伊庫資跌斯卡？

34. 已經三十歲了。

もう三十歳です。

某烏薩恩　集油　薩伊跌斯。

35. 看起來蠻年輕嘛。

お若く見えますね。

歐娃卡庫米唉馬斯內

33. 花了您這麼多時間，實在很抱歉。

大変貴重なお時間を割いていただき、申し訳
ありません。

他伊　恨克伊　集油納歐集看歐娃伊帖伊他達克
伊、某烏西娃開阿利馬現。

二 天氣、訪問

1. 今天天氣怎樣？

きょうの天気はどうですか？

<u>克伊又諾</u><u>帖恩</u> <u>克伊</u>娃豆跌斯卡？

2. 今天真熱。

今日は暑いですね。

<u>克有</u>娃阿資伊跌斯內。

3. 可不是嗎，連風也沒有。

そうですね。風もないです。

叟烏跌斯內。卡賊某納伊跌斯。

4. 好像要下雨。

雨がふりそうです。

阿妹嘎呼利叟烏跌斯。

5. 雨一下，天氣就涼爽了。

雨が降ると涼しくなるでしょう。

阿妹嘎呼魯偷斯資西庫納魯跌修。

6. 昨天的天氣不錯。

きのう てんき
昨日は天気がよかったですね。

<u>克伊諾娃帖恩</u> <u>克伊</u> 嘎有卡∨他跌斯內。

7. 昨天天氣怎樣？

あした てんき
明日の天気はどうでしょう。

阿西他諾<u>帖恩</u> <u>克伊</u>娃豆跌修？

8. 大概是晴天吧！

たぶん
多分はれでしょう。

他<u>笨</u>恩哈雷跌修。

9. 後天天氣怎樣？

あさつて てんき
明後日の天気はどうでしょう。

阿沙∨帖諾<u>帖恩</u> <u>克伊</u>娃豆跌修。

10. 後天也許是陰天。

あさつて
明後日はくもりかもしれません。

阿沙∨帖娃庫某利卡某西雷馬<u>謝恩</u>。

11. 秋天結束後就是冬天。

あき おわ ふゆ
秋が終わってもう冬ですね。

阿<u>克伊</u> 嘎歐娃∨帖<u>某</u>烏呼油跌斯內。

12. 這麼冷，都不想出門。

寒いから外出したくないですよ。

薩慕伊卡拉嘎伊咻資西他庫<u>納伊跌斯喲</u>。

13. 可不是嗎，北風又冷。

そうですね。北風も冷たいですし。

叟烏跌斯內。<u>克伊</u>他卡賊某資妹他伊跌斯西。

14. 因太陽出來，比昨天暖和。

太陽が出ているので、昨日より暖かいです
よ。

<u>他伊</u> 有烏嘎跌帖伊魯諾跌、<u>克伊</u>諾有利阿他他
卡伊跌斯喲。

15. 天氣放晴了，上街吧！

晴れましたよ。出かけましょう。

哈雷馬西他喲。跌卡開馬修。

16. 好啊。上街去吧！

そうですね。出かけましょう！

叟烏跌斯內。跌卡開馬修。

17. 下雪了，好冷喔。

雪が降りました。寒いですね。

油克伊 嘎呼利馬西他。薩慕伊跌斯內。

18. 不過還好沒風。

けれども風がなくてよかった。

開雷豆某卡賊 嘎那庫帖有卡∨他。

19. 要不然就成大風雪了。

風があったら吹雪ですよ。

卡賊 嘎阿∨他拉呼不克伊 跌斯喲。

20. 變暖和了。

暖かくなりました。

阿他他卡庫納利馬西他。

21. 已經是春天。

もう春ですよ。

某烏哈魯跌斯喲。

22. 天空籠罩著黑雲。

空が曇ってきました。

叟拉嘎庫某∨帖克伊馬西他。

23. 最近的天氣變化多端。

このごろの天気は変わりやすいですね。

寇諾勾洛諾<u>帖恩 克伊</u>娃卡娃利呀斯伊跌斯內。

24. 天氣放晴的話你要上街嗎？

天気がはれましたら、町へでかけますか。

<u>帖恩 克伊</u> 嘎哈雷馬西他拉，馬基黑跌卡開馬斯卡？

25. 好，放晴的話一起走吧！

はい、はれましたら、一緒にでかけましょう。

哈伊，哈雷馬西他拉，伊∨秀泥跌卡開馬修。

26. 外出之前最好聽一下天氣預報。

出かけ前に、天気予報を聞いた方がいい。

跌卡開馬唉泥，<u>帖恩 克伊</u>有后烏歐<u>克伊</u>伊他后烏嘎伊伊。

　　　　　※　　　　　※　　　　　※

1. 對不起，有人在家嗎？

御免下さい。

勾<u>妹恩</u>庫達薩伊。

2. 請進。

どうぞお入<ruby>はい</ruby>りください。

豆烏濁歐哈伊利庫達薩伊。

3. 江先生在家嗎？

江<ruby>こう</ruby>さんはいらっしゃいますか？

寇烏桑娃伊拉∨西呀伊馬斯卡？

4. 是的、在家。

はい、おります。

哈伊、歐利馬斯。

5. 我姓許。

私<ruby>わたし</ruby>は許<ruby>きょ</ruby>と申<ruby>もう</ruby>しますが……

娃他西娃克約偷某烏西馬斯嘎。

6. 是，請您等一等。

はい、少々<ruby>しょうしょう</ruby>お待<ruby>ま</ruby>ちください。

哈伊、西喲 西喲歐馬基庫達薩伊。

7. 老潘在家嗎？

潘<ruby>はん</ruby>さんはいますか？

哈恩桑娃伊馬斯卡？

8. 現在不在。你是……
今不在ですが、あなたは？
伊馬呼<u>雜伊</u>跌斯嘎，阿納他娃？

9. 老潘現在在那裡？
潘さんは今どこにいますか。
哈恩桑娃伊馬豆寇泥伊馬斯卡？

10. 潘先生現在在學校。
潘さんは今学校に居ます。
哈恩桑娃伊馬嘎寇烏泥伊馬斯。

11. 我是臺中的徐中安。
私は台中の徐中安です。
娃他西娃<u>他伊</u> 救烏諾救烏 集油烏阿恩跌斯。

12. 徐先生。我兒子總是受到您的照顧。
徐さんですか。いつも息子がお世話になって
おります。
<u>救烏</u>桑跌斯卡。伊資某慕斯寇嘎歐謝娃泥那ˇ帖
歐利馬斯。

13. 不敢當。

それはどうも。

叟雷娃豆烏某。

14. 請進來，他馬上就回來。

どうぞおあがりください、息子はすぐ戻ります
からゔ。

豆烏濁歐阿嘎利庫達薩伊，慕斯寇娃斯骨某豆利
馬斯卡拉。

15. 不，我還有一點事情。

いいえ、この後用事がありますので。

伊唉。寇諾阿偷有烏集嘎阿利馬斯諾跌。

16. 那麼請您等一等再來吧。

ではまた後でお越しください。

跌娃馬他阿偷跌歐寇西庫達薩伊。

17. 好的，那麼請代我向老潘問好。

はい。では潘さんによろしくお伝えください。

哈伊，跌娃哈恩桑泥有洛西庫歐資他唉庫達薩
伊。

18. 知道了。
かしこまりました。
卡西寇馬利馬西他。

19. 那麼，先走了。
それでは失礼いたします。
叟雷跌娃西資雷伊伊他西馬斯。

20. 請小心。
お気をつけて。
歐克伊歐資開帖。

21. 請恕我打擾。
お邪魔致します。
歐加馬伊他西馬斯。

22. 有機會的話，請代我謝謝他。
機会がありましたら、彼に宜しくお伝えくだ
さい。
克伊 卡伊嘎阿利馬西他拉，卡雷泥有洛西庫歐
資他唉庫達沙伊。

三　時間、日期

1. 這是什麼？
これは何<ruby>何<rt>なん</rt></ruby>ですか？

寇雷娃<u>納恩</u>跌斯卡？

2. 這是手錶。
これは<ruby>時計<rt>とけい</rt></ruby>です。

寇雷娃偷<u>開伊</u>跌斯。

3. 一天有幾個小時？
<ruby>一日<rt>いちにち</rt></ruby>は<ruby>何時間<rt>なんじかん</rt></ruby>ですか？

伊基泥基娃<u>納恩</u>集看跌斯卡？

4. 一天有二十四小時。
<ruby>一日<rt>いちにち</rt></ruby>は<ruby>二十四時間<rt>にじゅうよじかん</rt></ruby>です。

伊基泥基娃泥救有集看跌斯。

5. 現在幾點？
<ruby>今何時<rt>いまなんじ</rt></ruby>ですか？

伊馬<u>納恩</u>集跌斯卡？

6. 現在是早上八點。

今午前八時です。
<ruby>今<rt>いま</rt></ruby><ruby>午前<rt>ごぜん</rt></ruby><ruby>八時<rt>はちじ</rt></ruby>です。

伊馬勾<u>賊恩</u>哈基集跌斯。

7. 那麼，我要去上班了。

それでは<ruby>出勤<rt>しゅっきん</rt></ruby>します。

叟雷跌娃秀∨<u>克伊恩</u>西馬斯。

8. 老張，你的手錶幾點了？

<ruby>張<rt>ちょう</rt></ruby>さんの<ruby>時計<rt>とけい</rt></ruby>では<ruby>今何時<rt>いまなんじ</rt></ruby>ですか？

就桑諾偷<u>開伊</u> 跌娃伊馬<u>納恩</u>集跌斯卡？

9. 現在中午十二點。

今午後十二時です。
<ruby>今<rt>いま</rt></ruby><ruby>午後<rt>ごご</rt></ruby><ruby>十二時<rt>じゅうにじ</rt></ruby>です。

伊馬勾勾救泥集跌斯。

10. 我的慢了五分鐘。

<ruby>私<rt>わたし</rt></ruby>のは<ruby>五分<rt>ごふん</rt></ruby><ruby>遅<rt>おく</rt></ruby>れています。

娃他西諾娃勾<u>呼恩</u>歐庫雷帖伊馬斯。

11. 我的好像快一點。

<ruby>私<rt>わたし</rt></ruby>のはちょっと<ruby>進<rt>すす</rt></ruby>んでいます。

娃他西諾娃求∨偷斯斯恩跌伊馬斯。

12. **每晚幾點睡覺？**

まいばんなんじ　　　　　ね
毎晩何時ごろ寝ますか？

<u>馬伊</u> 吧恩 <u>納恩</u>集勾洛內馬斯卡？

13. **每晚九點左右睡覺。**

まいばんく　じ　　　　ね
毎晩九時ごろ寝ます。

<u>馬伊</u> 吧恩庫集勾洛內馬斯。

14. **早上幾點起床呢？**

あさ　なんじ　　　　お
朝何時ごろ起きますか？

阿薩<u>納恩</u>集勾洛歐<u>克伊</u>馬斯卡？

15. **六點左右起床。**

ろくじ　　　　お
六時ごろ起きます。

洛庫集勾洛歐<u>克伊</u>馬斯。

16. **請問飛機幾點到東京。**

なんじ　とうきょう　　　とうちゃく
何時東京に到着しますか。

<u>納恩</u>集偷<u>克伊</u>有泥偷恰庫西瑪斯卡？

17. **下午三點到東京。**

ご　ご　きんじ　とうきょう　　　とうちゃく　　　　よ　てい
午後三時東京に到着する予定です。

勾勾桑集偷<u>克伊</u>有泥偷恰庫斯魯又<u>帖伊</u>跌斯。

※　　　　※　　　　※

1. 今天是幾月幾日？

今日は何月何日ですか？

<u>克油烏娃</u>納恩嘎資納恩泥基跌斯卡？

2. 今天是六月一日。

今日は六月一日です。

<u>克油娃</u>洛庫嘎資資伊他基跌斯。

3. 明天呢？

明日は？

阿西他娃？

4. 明天是六月二日。

明日は六月二日です。

阿西他娃<u>洛庫</u>嘎資呼資卡跌斯。

5. 後天是什麼日子。

あさっては何の日ですか？

阿薩ˇ帖娃納恩諾<u>黑伊</u>跌斯卡？

6. 雙十節。
そうじゅうせつ
雙十節です。

叟烏集油謝資跌斯。

7. 今天是星期幾。
きょう　　なんようび
今日は何曜日ですか？

克油烏娃納恩 有烏比跌斯卡？

8. 今天是星期日。
きょう　　にちようび
今日は日曜日です。

克油烏娃泥基有烏比跌斯。

9. 一個星期有幾天。
いっしゅうかん　なんにち
一週間は何日ですか？

伊∨西油看娃納恩泥基跌斯卡？

10. 是七天。
なのか
七日です。

納諾卡跌斯。

11. 一個月有幾個星期。
いっかげつ　なんしゅうかん
一カ月は何週間ですか？

伊∨卡給資娃納恩 西油看跌斯卡？

12. 四個星期。

四週間です。

有恩西油看跌斯。

13. 一年有幾個月？

一年は何ケ月ですか？

伊基年恩娃納恩卡給資跌斯卡？

14. 十二個月。

十二ケ月です。

集油泥卡給資跌斯。

15. 請寫你的出生日期。

あなたの生年月日を書いてください。

阿納他諾謝伊 年恩嘎∨比歐卡伊帖庫達薩伊。

16. 好，我寫完了。

はい、書きました。

哈伊，卡克伊馬西他。

四　電話、問答

1. 喂、喂！老杜嗎？
もしもし杜さんですか？
某西某西偷桑跌斯卡？

2. 是的。是老昌、對吧！
はい、そうです。昌さんですね。
哈伊，叟烏跌斯。秀烏桑跌斯內。

3. 現在有空嗎？
今暇ですか？
伊馬黑伊馬跌斯卡？

4. 有什麼事？
何か用ですか？
納泥卡有烏跌斯卡？

5. 如果有空，請來一趟好嗎？
もし暇だったら来てください。
某西黑伊馬達∨他拉克伊帖庫達薩伊。

155

6. 現在你在哪？
今どこにいますか？
伊馬豆寇泥伊馬斯卡？

7. 我在車站等你。
駅で待っています。
唉克伊跌馬∨帖伊馬斯。

8. 好的，馬上就去。
はい、すぐ行きます。
哈伊，斯骨伊克伊馬斯。

　　　　※　　　　※　　　　※

1. 喂喂！麗玲小姐在家嗎？
もしもし麗玲さんいますか？
某西某西雷伊 雷伊桑伊馬斯卡？

2. 我就是，你是哪位？
私ですが、どちらさまですか？
娃他西跌斯嘎，豆基拉薩馬跌斯卡？

3. 好久不見。我是老劉。
おひさしぶりです。劉です。
歐黑伊薩西不利跌斯。利油跌斯。

4. 老劉！好嗎？

劉_{りゅう} さん！お元気_{げんき}ですか？

<u>利油</u>桑！歐<u>給</u>恩 <u>克伊</u>跌斯卡？

5. 託你的福。

はい。おかげさまで。

哈伊。歐卡給薩馬跌。

6. 有什麼事嗎？

何_{なに}か用_{よう}ですか？

那泥卡<u>有烏</u>跌斯卡？

7. 有空的話，去喝個茶好嗎？

暇_{ひま}だったらお茶_{ちゃ}でも飲_のみましょうか。

<u>黑伊</u>馬達∨他拉歐恰跌某諾米馬修卡。

8. 現在在哪？

今_{いま}どこにいますか？

伊馬豆寇泥伊馬斯卡？

9. 百貨公司前等你。

デパートの前_{まえ}で待_まっています。

跌帕一偷諾馬唉跌馬∨帖伊馬斯。

10. 那麼就在那見面吧！

ではそこでお会いしましょう。

跌娃叟寇跌歐阿伊西馬修。

※　　　　　　※　　　　　　※

第三章　會話

1. 那是什麼？

それは何ですか？

叟雷娃<u>納恩</u>跌斯卡？

2. 那是收音機。

それはラジオです。

叟雷娃拉集歐跌斯。

3.是幹什麼用的？

何に使いますか？

納泥泥資卡伊馬斯卡？

4. 收聽廣播用的。

放送を聞きます。

<u>后烏</u> <u>叟烏</u>歐<u>克伊</u> <u>克伊</u>馬斯。

5. 這叫什麼東西。

これは何といいますか？

寇雷娃<u>納恩</u>偷伊伊馬斯卡？

6. 這叫熱水瓶。

これはポットです。

寇雷娃破∨豆跌斯。

7. 那個建築物是什麼？

あの建物は何ですか？

阿諾他帖某諾娃納恩跌斯卡？

8. 那是郵局。

あれは郵便局です。

阿雷娃油烏 比恩 克約庫跌斯。

9. 郵局的對面是什麼？

郵便局の前は何ですか？

油烏 比恩 克有庫諾馬唉娃納恩跌斯卡？

10. 那是市政府。

あれは市役所です。

阿雷娃西呀庫西有跌斯。

11. 這是什麼。

これは何ですか？

寇雷娃納恩跌斯卡？

12. 這是桌子。

これは 机 です。

寇雷娃資庫唉趺斯。

13. 那是什麼鳥？

あの鳥は何ですか？

阿諾偷利娃納恩趺斯卡？

14. 我想是白鶴。

たぶん鶴だと思います。

他不恩資魯達豆歐某伊馬斯。

15. 今晚有時間嗎？

今晩お時間がありますか？

空棒歐集卡恩嘎阿利馬斯卡？

16. 我一定會去。

私 は是非行きます。

娃他西娃賊黑伊伊克伊馬斯。

17. 我應當什麼時候到呢？

何時に着けばいいですか？

納恩集泥資開吧伊伊趺斯卡？

18. 對不起，我今晚有點急事。

すみませんが、今晩は用事があるんですが…

斯米馬謝恩嘎，空棒娃有烏集嘎阿魯恩跌斯嘎…

五　購物、逛街

1. 太太、上街嗎？

奥さん、おでかけですか？

歐庫桑，歐跌卡開跌斯卡？

2. 去買東西。

買い物に行きます。

卡伊某諾泥伊克伊馬斯。

3. 到哪裡？

どちらに行きますか？

豆基拉泥伊克伊馬斯卡？

4. 去超級市場。

スーパーに行きます。

斯一帕一泥伊克伊馬斯。

5. 這香水多少錢？

この香水いくらですか？

寇諾寇烏　斯伊伊庫拉跌斯卡？

6. 五千圓。
五千円です。
ㄅ謝恩 唉恩跌斯。

7. 太貴了。
高いですね。
他卡伊跌斯內。

8. 因為是法國製的。
フランス製ですから。
呼拉恩斯謝伊跌斯卡拉。

9. 算便宜點吧。
安くしてくれませんか？
呀斯庫西帖庫雷馬謝恩卡？

10. 算四千五百圓好了。
四千五百円にします。
有恩 謝恩ㄅ黑伊阿庫唉恩泥西馬斯。

11. 這手帕多少錢。
このハンカチいくらですか？
寇諾哈恩卡基伊庫拉跌斯卡。

12. 七百圓。

ななひゃくえん
七百円です。

納納<u>黑伊阿庫</u> <u>唉恩跌斯</u>。

13. 這襯衫呢？

このシャツは？

寇諾<u>西呀</u>資娃？

14. 三千二百圓。

さんぜんにひゃくえん
三千二百円です。

<u>桑賊恩泥黑伊呀庫</u> <u>唉恩跌斯</u>。

15. 全部多少錢。

ぜんぶ
全部でいくらですか？

<u>賊恩</u>不跌伊庫拉跌斯卡？

16.加稅一共八千八百二十圓。

ぜいこ　　　　はっぜんはっぴゃく　にじゅうえん
税込みで八千八百二十円です。

<u>賊伊寇米跌哈</u>∨<u>謝恩哈</u>∨<u>吧伊阿庫泥集油</u> <u>唉恩
跌斯</u>。

17. 請包起來。

つつ
包んでください。

資資恩跌庫達薩伊。

18. 謝謝您每次惠顧。
毎度ありがとうございます。
馬伊豆阿利嘎偷烏勺雜伊馬斯。

※　　　　※　　　　※

1. 請問你們營業到幾點呢？
何時まで営業しますか？
納恩集馬跌唉伊 又烏西馬斯卡？

2. 自助餐一般多少錢？
バイキングは普通いくらですか？
吧伊克伊恩骨娃呼資—伊庫拉跌斯卡？

3.. 是先付款嗎？
まず払いますか？
馬知哈拉伊馬斯卡？

4. 這家店好便宜啊！
この店は安いですね？
寇諾米謝娃呀斯伊跌斯內？

5. 什麼時候能做好呢？
いつできますか？
伊資跌克伊馬斯卡？

6. 我要一個加蘑菇的比薩。

キノコ入りのピザをお願いします。

克伊諾寇伊利諾比雜歐歐內嘎伊西馬斯。

7. 請把咖啡加牛奶和糖。

コーヒーにクリームと砂糖を入れてください

寇—黑伊—泥庫利—慕偷沙偷歐伊雷帖庫達薩伊。

　　　　※　　　　　　※　　　　　　※

1. 臺北這麼熱鬧啊。

台北はにぎやかですね。

他伊　杯伊娃泥哥伊呀卡跌斯內。

2. 我來做嚮導，請慢慢地玩。

ご案内します。ゆっくり楽しんでください。

勾阿恩奈西馬斯。油Ｖ庫利他諾西恩跌庫達薩伊。

3. 這裡是西門町。

ここは西門町です。

寇寇娃謝伊　某恩　基有跌斯。

4. 這裡是最熱鬧的。

ここは一番にぎやかですね。

寇寇娃伊基吧恩泥哥伊呀卡跌斯內。

5. 有很多電影院。
映画館がたくさんあります。
唉伊嘎卡恩嘎他庫桑阿利馬斯。

6. 人也多。
人もたくさんいますね。
黑伊偷某他庫桑伊馬斯內。

7. 接下來去華西街。
次は華西街に行きましょう。
資哥伊娃卡謝伊 嘎伊泥伊克伊馬修。

8. 他們的服裝好奇怪。
彼らの服装はおかしいですね。
卡雷拉諾呼庫 叟烏娃歐卡西伊跌斯內。

9. 出租汽車站在那裏？
タクシー乗り場はどこですか。
他庫西—諾利吧娃豆寇跌斯卡。

10. 請問，這裏有旅遊指南出售嗎？
すみません，観光案内はありますか。
斯米馬現，卡恩寇安奈娃阿利馬斯卡。

11. 請問，坐哪路車能到新宿？

すみません，どのバスが新宿にきますか。

斯米馬現，豆諾吧斯嘎<u>新恩</u> <u>救庫</u>泥<u>克伊</u>馬斯卡。

12. 能幫我拍張照片嗎？

写真を撮っていただけますか。

下新歐偷∨帖伊他達開馬斯卡？

13. 這是著名的龍山寺。

ここは有名な龍山寺です。

寇寇娃<u>油烏</u> 妹伊納<u>利油</u>烏雜恩集跌斯。

14. 好漂亮的寺廟。

立派なお寺ですね。

利∨帕納歐帖拉跌斯內。

15. 博物館在什麼地方？

博物館はどこにありますか？

哈庫不資<u>卡恩</u>娃豆寇泥阿利馬斯卡？

16. 車站前的那條街的盡頭。

駅前の通りの突き当たりにあります。

<u>唉克伊</u> 馬唉諾豆歐利諾資<u>克伊</u>阿他利泥阿利馬斯。

六　飲食、祝賀

1. 到餐廳去吧。

レストランに行_いきましょう。

雷斯偷拉恩泥伊克伊馬修。

2. 肚子餓了嗎？

おなかがすきましたか？

歐那卡嘎斯克伊馬西他卡？

3. 是的，到吃飯的時候了。

はい、もう食事_{しょくじ}の時間_{じかん}です。

哈伊，某烏西有庫集諾集看跌斯。

4. 我口渴了。

私_{わたし}はのどが渇_{かわ}きました。

娃他西娃諾豆嘎卡娃克伊馬西他。

5. 那麼請喝啤酒。

ではビールをどうぞ。

跌娃比一魯歐豆烏濁。

6. 中國菜真好吃。
<ruby>中<rt>ちゅう</rt></ruby><ruby>華<rt>か</rt></ruby><ruby>料<rt>りょう</rt></ruby><ruby>理<rt>り</rt></ruby>はおいしいですね。
基油烏卡利有利娃歐伊西伊跌斯內。

7. 當然，中國菜是世界聞名。
もちろん。<ruby>中<rt>ちゅう</rt></ruby><ruby>華<rt>か</rt></ruby><ruby>料<rt>りょう</rt></ruby><ruby>理<rt>り</rt></ruby>は<ruby>世界<rt>せいかい</rt></ruby><ruby>中<rt>じゅう</rt></ruby>で<ruby>有名<rt>ゆうめい</rt></ruby>ですから。
某基洛恩，基油烏卡利有利娃謝伊 卡伊 集油烏
跌油烏 妹伊跌斯卡拉。

8. 這酒的味道如何？
このお<ruby>酒<rt>さけ</rt></ruby>はいかがですか？
寇諾歐薩開娃伊卡嘎跌斯卡？

9. 很好。這是什麼酒？
おいしいですね。どういうお<ruby>酒<rt>さけ</rt></ruby>ですか？
歐伊西伊跌斯內。豆烏伊烏歐薩開跌斯卡？

10. 紅酒。
<ruby>赤<rt>あか</rt></ruby>ワインです。
阿卡娃伊恩跌斯。

11. 這個你嚐嚐看。
これを<ruby>食<rt>た</rt></ruby>べてみてください。
寇雷歐他杯帖米帖庫達薩伊。

12. 是什麼？
何<ruby>な<rt>なん</rt></ruby>ですか？
納恩跌斯卡？

13. 油炸蝦。
えびの天<ruby>てん<rt>てん</rt></ruby>ぷらです。
唉比諾帖恩舖拉跌斯。

14. 這魚不好吃。
この 魚<ruby>さかな<rt>さかな</rt></ruby> はおいしくないです。
寇諾薩卡那娃歐伊西庫納伊跌斯。

15. 肉雖不好吃，湯倒好喝呢。
肉<ruby>にく<rt>にく</rt></ruby>はおいしくないですが、スープはおいしい

です。
泥庫娃歐伊西庫納伊跌斯嘎，斯一舖娃歐伊西伊

跌斯。

※　　　　　※　　　　　※

1. 歡迎光臨，幾問幾位？請這邊坐。
いらっしやいませ。何名様<ruby>なんめいさま<rt>なんめいさま</rt></ruby>ですか、こちらへど

うぞ。
伊拉∨下伊馬謝。南煤沙馬跌斯卡，寇基拉黑豆烏

濁。

2. 是否可以建議一些不錯的酒？
お勧めのお酒は何ですか。

歐斯斯妹諾歐沙開娃南跌斯卡。

3. 我可以點餐了嗎？
注文してもよろしいですか。

基油夢西帖某有洛西伊跌斯卡。

4. 今天餐廳的推薦菜是什麼？
今日のお勧め料理は何ですか。

克伊有諾歐斯斯妹料理娃南跌斯卡？

5. 那我就不客氣了，真好吃啊。
いただきます。おいしいですね。

伊他達克伊馬斯。歐伊西伊跌斯內。

6. 對不起，請算賬。
すみません。勘定してください。

斯米馬現。看救西帖庫達薩伊。

※　　　　※　　　　※

1. 老關，恭喜恭喜。
<ruby>関<rt>かん</rt></ruby>さん、おめでとうございます。
<u>卡恩桑</u>，歐妹跌豆烏勾雜伊馬斯。

2. 謝謝，這邊請。
ありがとうございます。どうぞこちらへ。
阿利嘎偷烏勾雜伊馬斯。豆烏濁寇基拉耶。

3. 這是表示祝福的一點小意思。
<ruby>少<rt>すく</rt></ruby>ないですけどお<ruby>祝<rt>いわ</rt></ruby>いです。
斯庫納伊跌斯開豆歐伊娃伊跌斯。

4. 這真是感謝。
これはどうも。
寇雷娃<u>豆烏</u>某。

5. 來，敬你一杯。
まあ<ruby>一杯<rt>いっぱい</rt></ruby>どうぞ。
馬阿伊∨帕伊豆烏濁。

6. 哪裡的話，我先敬你才對
とんでもない。そちらからお<ruby>先<rt>さき</rt></ruby>に。
<u>偷恩</u>跌某納伊，叟基拉卡拉歐薩<u>克伊</u>泥。

7. 新娘出來了。

はなよめ き
花嫁さんが来ましたよ。

哈納有妹桑嘎<u>克伊</u>馬西他有。

8. 真漂亮。

きれいですね。

<u>克伊</u>雷伊跌斯內。

9. 老闆真幸福。

かん しあわ もの
関さんも 幸 せ者ですね。

<u>卡恩</u>桑某西阿娃謝某諾跌斯內。

10. 真羨慕。

うらやましいです。

烏拉呀馬西伊跌斯。

※　　　　※　　　　※

1. 祝您生日快樂！

たんじょうび
お誕 生 日おめでとうございます。

歐彈救比歐妹跌偷勾雜伊馬斯。

2. 新年快樂！

しんねん あ
新年明けましておめでとうございます。

新年阿開馬西帖歐妹跌多勾雜伊馬斯。

3. 祝您健康！

けんこう いの も あ
ご健康をお祈り申し上げます。

勾開恩寇烏歐伊洛利毛西阿給馬斯。

4 祝您萬事如意！

まん じ じゅんちょう はこ いの も あ
万時 順 調 に運ぶようお祈り申し上げます。

曼集救恩 基烏泥哈寇布有歐伊諾利毛西阿給馬斯。

5. 祝一路平安！

とうちゅう き
道 中 お気をつけて。

偷烏丘歐克伊歐資開跌。

七 乘 車

1. 買票。

きっぷ ねが
切符お願いします。

克伊∨舖歐內嘎伊西馬斯。

2. 到那裡去。

どこまでですか？

豆寇馬跌跌斯卡？

3. 到臺中。

たい ちゅう
台中まで。

他伊 丘烏馬跌。

4. 普通車還是快車？

ふ つう　　　　きゅう こう
普通ですか急行ですか？

呼資烏跌斯卡克伊油烏寇烏跌斯卡？

5. 特急、拜託。

とっきゅう　　ねが
特急お願いします。

偷∨克伊油烏歐內嘎伊西馬斯。

6. 計程車。

タクシー！

他庫西——

7. 到那裡？

どちらまで？

豆基拉馬跌？

8. 到北投，緊急。
北投（べいとう）まで。急（いそ）いで。
<u>杯伊</u> <u>豆烏</u>馬跌。伊叟伊跌。

9. 知道了。
かしこまりました。
卡西寇馬利馬西他。

10. 對不起，到陽明山該搭什麼巴士。
すいません。陽明山（ようめいさん）までどのバスですか？
斯伊馬<u>謝恩</u>。<u>有烏</u> <u>妹伊</u> <u>薩恩</u>馬跌豆諾巴斯跌斯
卡？

11. 請搭那輛巴士。
あのバスに乗（の）ってください。
阿諾巴斯泥諾∨帖庫達薩伊。

12. 電車進站。
電車（でんしゃ）が来（き）ました。
<u>跌恩</u> <u>西呀嘎克伊</u>馬西他。

13. 請退到白線內。
白線（はくせん）の內側（うちがわ）までおさがりください。
哈庫<u>謝恩</u>諾烏基嘎娃馬跌歐薩嘎利庫達薩伊。

14. 請問，入口在那裡？

入^いり口^{くち}はどこですか。

伊利庫基娃豆寇跌斯卡？

15. 出口怎麼走呢？

出口^{でぐち}はどこですか。

跌骨基娃豆寇跌斯卡？

16. 我想請一位中文的導遊。

中国語^{ちゅうごくご}のがイドをお願^{ねが}いできますか。

丘烏寇庫勾諾嘎伊豆歐歐內嘎伊跌克伊馬斯卡？

17. 這是申請書，請填寫。

申請書^{しんせいしょ}です、ご記入^{きにゅう}をお願^{ねが}いします。

西恩 謝伊秀跌斯，勾克伊紐歐歐內嘎伊西馬斯。

18. 週末照常營業嗎？

週末^{しゅうまつ}も平日通^{へいじつとお}りに営業^{えいぎょう}していますか。

秀烏馬資某黑伊集∨偷歐利泥唉基有烏西帖伊馬斯卡？

※　　　　　※　　　　　※

1. 蕭先生有去過花蓮嗎？
しょう さんは花蓮に行ったことがありますか？
西有桑娃卡雷恩泥伊∨他寇偷嘎阿利馬斯卡。

2. 不！沒有。
いいえ、ありません。
伊一唉、阿利馬謝恩。

3. 下次一起去吧！
こんど いっしょに行きましょう！
寇恩豆伊∨秀泥伊克伊馬修！

4. 風景好像很漂亮。
けしき がきれいだそうですね。
開西克伊嘎克伊雷伊達叟烏跌斯內。

5. 好像也有溫泉。
おんせん もあるそうです。
歐恩 謝恩某阿魯叟烏跌斯。

6. 阿里山的雲海也很壯觀呢！
ありさん うんかい の雲海もすばらしいですよ。
阿利桑諾烏恩 卡伊某斯吧拉西伊跌斯喲。

7. 陽明山的櫻花盛開了。
ようめいさん さくら まんかい
陽明山の 櫻 は満開です。

<u>有烏</u> 妹伊桑諾薩庫拉娃馬恩 <u>卡伊</u>跌斯。

8. 已經進入花季了嗎？
はな きせつ
もう花の季節ですか？

某烏哈那諾<u>克伊</u>謝資跌斯卡？

9. 現在遊覽正是好時候。
かんこう さいこう きせつ
観光には最高の季節です。

<u>卡恩</u> <u>寇烏</u>泥娃薩伊 <u>寇烏</u>諾<u>克伊</u>謝資跌斯。

10. 我們來個臺灣一周吧。
たいわんいっ しゅう
台湾一 周 しましょうか。

<u>他伊</u> 娃恩伊∨西油西馬修卡。

11. 遊覽車來了。
かんこう き
観光バスが来ましたよ。

<u>卡恩</u> <u>寇烏</u>吧斯嘎<u>克伊</u>馬西他喲。

12. 這一帶真安靜。
あた しず
この辺りは静かです。

寇諾阿答利娃西知卡跌斯。

13. 請不要亂丟垃圾。

ごみを捨てないでください。

勾米歐斯帖納伊跌庫達塞伊。

14. 加油站在那兒？

ガソリンスタンドはどこですか。

嘎叟利恩斯他恩豆娃豆寇跌斯卡。

15. 郊外的空氣真好。

郊外の空気はきれいです。

寇烏 嘎伊諾庫克伊娃克伊雷伊跌斯。

八 戀愛、介紹

1. 涼子小姐、一起看場電影吧！

涼子さん、いっしょに映画を見ませんか？

溜烏寇桑，伊∨秀泥唉伊嘎歐米馬謝恩卡？

2. 我想散步比較好。

私は散歩がいいです。

娃他西娃桑破嘎伊一跌斯。

3. 好啊！只要能和你在一起。

いいですよ。あなたといっしょなら。

伊－跌斯喲。阿那他偷伊∨秀納拉。

4. 真高興。

うれしいです。

烏雷西伊跌斯。

5. 我很喜歡你。

あなたが好_すきです。

あなたが好きです。

阿那他嘎斯克伊跌斯。

6. 真的嗎？

本当_{ほんとう}？

后恩 偷烏？

7. 是真心的。

本気_{ほんき}です。

后恩 克伊跌斯。

8. 請再說一遍。

もう一度_{いちど}言_いってください。

某烏伊基豆伊∨帖庫達薩伊。

9. 我愛你。

あなたを愛しています。

阿那他歐阿伊西帖伊馬斯。

10. 真的很高興。

とてもうれしいです。

偷帖某烏雷西伊跌斯。

11. 你呢？

あなたはどうですか？

阿那他娃豆烏跌斯卡？

12. 我也愛你。

私も愛しています。

娃他西某阿伊西帖伊馬斯。

13. 你能瞭解我的心情嗎？

私の気持ちわかりますか？

娃他西諾克伊某基娃卡利馬斯卡？

14. 是的，我瞭解。

はい、わかります。

哈伊，娃卡利馬斯。

15. 我們結婚吧。

結婚<ruby>けっこん</ruby>しましょう。

開∨寇恩西馬修。

※　　　　　※　　　　　※

1. 你喜歡卡拉 ok 嗎？

カラオケが好<ruby>す</ruby>きですか。

卡拉歐開嘎斯克伊跌斯卡。

2. 這附近有卡拉 ok 練歌廳嗎？

この近<ruby>ちか</ruby>くにカラオケボックスがありますか？

寇諾基卡庫泥卡拉歐開薄∨庫斯嘎阿利馬斯卡。

3. 對卡拉 ok 感興趣嗎？

カラオケに興味<ruby>きょうみ</ruby>がありますか？

卡拉歐開泥克油米嘎阿利馬斯卡。

4. 有台灣歌嗎？

台湾語<ruby>たいわんご</ruby>の歌<ruby>うた</ruby>もありますか？

他伊 娃恩勾諾烏他某阿利馬斯卡。

5. 知道怎麼操作嗎？

やり方、わかりますか。

呀利卡他，娃卡利馬斯卡？

6. 她的聲音很棒。

彼女の声はすごい。

卡諾集烏諾寇唉娃斯勾伊。

7. 女人喜歡看描寫愛情故事的電視劇。

女の子はラブストーリーのが好きです。

歐恩納諾寇娃拉不斯偷－利－諾嘎斯克伊跌斯。

8. 大部分人都不喜歡看廣告。

人々はほとんど広告が好きではありません。

喜偷逼偷娃后偷恩豆寇烏寇庫嘎斯基伊跌娃阿利

馬現。

9. 是戀人嗎？

恋人ですか。

寇伊比偷跌斯卡。

10. 我們找個機會見見面吧。

機会を作って、一度あって見ましょう。

<u>克伊</u> <u>卡伊</u>歐資庫∨帖，伊基豆阿∨帖米馬修。

※　　　　　※　　　　　※

1. 我來介紹。

ご紹介します。

勾<u>西有</u> <u>卡伊</u>西馬斯。

2. 這位是楊先生。

こちらは楊さんです。

寇基拉娃<u>有烏</u>桑跌斯。

3. 請多指教。

よろしくお願いします。

有洛西庫歐內嘎伊西馬斯。

4. 楊先生常到臺北嗎？

楊さんはよく台北に行きますか？

<u>有烏</u>桑娃有庫<u>他伊</u>杯伊泥伊<u>克伊</u>馬斯卡？

5. 是的、工作關係。

はい、仕事で。

哈伊，西勾偷跌。

6. 很忙吧。

お忙しいでしょうね。

歐伊叟嘎西伊跌修內。

7. 那裡，沒有什麼。

いいえ、そんなことないです。

伊一唉，<u>叟恩納寇偷</u>納伊跌斯。

8. 我最近很忙。

私は最近忙しいですよ。

娃他西娃<u>薩伊</u> <u>克伊</u>恩伊叟嘎西伊跌斯喲。

9. 多請幾個打工的如何？

アルバイトを増やしたらどうですか？

阿魯吧伊偷歐呼呀西他拉豆烏跌斯卡？

10. 那真的是很困難。

なかなかそれは難しいです。

納卡納卡叟雷娃慕資卡西伊跌斯。

11. 我來給你介給幾個人吧。
なんにん　しょうかい
何人か 紹 介しますよ。

納恩 泥恩卡修卡伊西馬斯喲。

12. 他是你的熟人嗎？
かれ　　　　　　　し　あ
彼はあなたの知り合いですか。

卡雷娃阿納他諾西利阿伊跌斯卡。

13. 我送你回家，沒關係的。
いえ　　ぼく　おく　　　　　　だいじょうぶ
家まで、僕が送ってやるから、大 丈 夫さ。

伊唉馬跌，薄庫嘎歐庫∨帖呀魯卡拉，達伊救不

沙。

14. 女的也可以嗎？
じょせい　い
女性も行っていいですか。

集鳥 謝伊某伊∨帖伊伊跌斯卡。

15. 謝謝你為我做的一切。

いろいろありがとうございます。

伊洛伊洛阿利嘎偷勾雜伊馬斯。

九　看病、安慰

1. 附近有醫院嗎？

近くに 病 院はありますか。
<small>ちか　　　びょういん</small>

基卡庫泥比有陰娃阿利馬斯卡？

2. 請問我應該去哪裏掛號？

すみません，受付はどこですか。
<small>うけつけ</small>

斯米馬現，烏開資開娃豆寇跌斯卡？

3. 醫生，我的頭痛。

先生、 頭 が痛いです。
<small>せんせい　あたま　いた</small>

謝恩 謝伊，阿他馬嘎伊他伊跌斯。

4. 好像感冒。

風邪のようですね。
<small>かぜ</small>

卡賊諾有烏跌斯內。

5. 又想嘔吐。

気分も悪いです。
<small>きぶん　わる</small>

克伊 不恩某娃魯伊跌斯。

6. 那麼打個針吧。

では注射をしましょう。

跌娃基油 西呀歐西馬修。

7. 肚子痛。

お腹が痛いです。

歐那卡嘎伊他伊跌斯。

8. 吃了什麼東西嗎？

何を食べましたか？

納泥歐他杯馬西他卡？

9. 吃了很多鳳梨。

パイナップルをたくさん食べました。

帕伊那∨舖魯歐他庫桑他杯馬西他。

10. 那是吃過多。

それは食べ過ぎですね。

叟雷娃他杯斯嘎跌斯內。

11. 是嗎……

そうですか……

叟烏跌斯卡……

12. 因為鳳梨對胃不好。

パイナップルは胃に悪いですから。

帕伊那∨舖魯娃伊泥娃魯伊跌斯卡拉。

13. 該怎麼辦呢？

どうしましょうか。

豆烏西馬修卡。

14. 沒問題，有好的藥。

だいじょうぶ、いい薬があります。

達伊救烏不，伊一庫斯利嘎阿利馬斯。

15. 哪裡不舒服？

どこが悪いですか？

豆寇嘎娃魯伊跌斯卡？

16. 咳嗽。

咳がでます。

謝克伊嘎跌馬斯。

17. 肺不好吧，有血痰嗎？

胸が悪いかな。血タンは？

慕內嘎娃魯伊卡納。開∨他恩娃？

190

18. 偶爾。

時々（ときどき）でます。

偷<u>克伊</u>豆<u>克伊</u>跌馬斯。

19. 這種症狀有多久了。

このような症状（しょうじょう）はどのくらい続（つづ）いています

か。

寇諾<u>有烏</u>納<u>修救烏</u>娃豆諾庫拉伊資茲伊帖伊馬斯

卡。

20. 你要做一個心電圖檢查。

心電図（しんでんず）の検査（けんさ）をして下（くだ）さい。

<u>西恩</u> <u>跌恩</u>知諾<u>開恩</u>沙歐西帖庫達薩伊。

　　　　　　※　　　　　　※　　　　　　※

1. 劉先生，前天的失火真的是可憐。

劉（りゅう）さん、先日（せんじつ）の火事（かじ）はお気（き）の毒（どく）でした……

<u>利油</u>烏桑，<u>謝恩</u>集資諾卡集娃歐<u>克伊</u>諾豆庫跌西

他。

2. 真是個災難。已經沒生活下去的希望。
災難でした。もう生きる希望がありません……
薩伊 那恩跌西他。某烏伊克伊魯克伊 薄烏嘎阿利馬謝恩。

3. 提出精神來，請再加油。
元気出してまたがんばってください。
給恩 克伊達西帖馬他嘎恩吧ˇ帖庫達薩伊。

4. 謝謝你的安慰。
慰めてくれてありがとう。
納骨薩妹帖庫雷帖阿利嘎豆烏。

5. 周先生，最近很沒精神。
周さん、最近元気ないですね。
西油烏桑，薩伊 克伊恩給恩 克伊納伊跌斯內。

6. 其實……
実は……
集資娃……

7. 怎麼了？
どうしましたか？
豆烏西馬西他卡？

8. 內人逝世了。
つま　し
妻が死にました。

資馬嘎西泥馬西他。

9. 對這不幸表示衷心的哀悼。
　　　　しゅう　しょう　さま
それはご愁傷様です。

叟雷娃勾西油烏　西喲烏薩馬跌斯。

10. 我也不想活。
わたし　　し
私も死にたいです。

娃他西某西泥他伊跌斯。

11. 請不要灰心
　　　　　き　お
そんなに気を落とさないでください。

叟恩納泥克伊歐歐偷薩納伊跌庫達薩伊。

12. 謝謝。
ありがとうございます。

阿利嘎偷烏勾雜伊馬斯。

13. 現在請好好休息。
いま　　　　　やす
今はゆっくり休んでください。

伊馬娃油∨庫利呀斯恩跌庫達薩伊。

14. 謝謝您的關懷。
お心遣いどうも。
<ruby>心<rt>こころ</rt></ruby>
歐寇寇洛知卡伊豆烏某。

15. 剛才出了一起車禍，我被車撞了。
今交通事故に遭い、車に当てられました。
伊馬寇烏 資烏集寇泥呀伊，庫魯馬泥呀帖拉雷馬西他。

16. 請立刻打電話叫救護車。
すぐに救急車を呼んで下さい。
斯骨泥集烏 集烏蝦歐有恩跌庫達薩伊。

17. 請留下您的聯絡方法。
あなたの連絡先を書いて下さい。
阿納他諾聯拉庫沙克伊歐卡伊帖庫達薩伊。

十 道謝、道歉

1. 何先生，那天承蒙您幫忙。
何さん、先日はいろいろお世話になりました。
卡桑，謝恩集資娃伊洛伊洛歐謝娃泥那利馬西他。

一

2. 那裡，彼此彼此。

いいえ、こちらこそ。

伊一唉，寇基拉寇叟。

3. 這一點表示敬意，請。

これはお礼_{れい}です。少_{すく}ないですがどうぞ。

寇雷娃歐雷伊跌斯。斯庫納伊跌斯嘎豆烏濁。

4. 哪兒的話，這已經太好了。

とんでもない。結構_{けっこう}です。

偷恩跌某納伊，開∨寇烏跌斯。

5. 你可幫了我的大忙。

本当_{ほんとう}に助_{たす}かりました。

紅豆泥他斯卡利馬西他。

6.蘇先生，昨天打擾您了。

蘇_そさん、昨日_{きのう}はお邪魔_{じゃま}しました。

叟桑，克伊諾烏娃歐集阿馬西馬西他。

7. 別客氣。

どういたしまして。

豆烏伊他西馬西帖。

8. 你是我的救命恩人。

あなたは命の恩人です。

阿納他娃伊諾基諾<u>歐恩</u> 集恩跌斯。

9. 因為實在是太醉了。

ずいぶん酔っていましたから。

知伊<u>不恩有∨帖</u>伊馬西他卡拉。

10. 託你的福才平安。

おかげさまで助かりました。

歐卡給薩馬跌他斯卡利馬西他。

11. 別放在心上。

気にしないでください。

<u>克伊泥西納伊</u>跌庫達薩伊。

12. 打從心裡向您道謝。

心からお礼を言います。

寇寇洛卡拉歐雷伊歐伊伊馬斯。

※　　　※　　　※

1. 請原諒，我不是有意惹你生氣。

お許<ruby>ゆる</ruby>して下<ruby>くだ</ruby>さい、決<ruby>けっ</ruby>してわざとではありません。

歐有魯西帖庫達沙伊，開∨西帖娃雜偷跌娃阿利
馬現。

2. 你的態度太惡劣了。

あなたの態度<ruby>たいど</ruby>はあまり悪<ruby>わる</ruby>い。

阿納他諾他伊豆娃阿馬利娃魯伊。

3. 鄭先生，昨天失禮了。

鄭<ruby>てい</ruby>さん、昨日<ruby>きのう</ruby>は失礼<ruby>しつれい</ruby>しました。

帖伊桑，克伊諾烏娃西資雷伊西馬西他。

4. 沒有什麼。

別<ruby>べつ</ruby>に構<ruby>かま</ruby>いません。

杯資泥卡馬伊馬謝恩。

5. 是我不好。

私<ruby>わたし</ruby>が悪<ruby>わる</ruby>かったです。つい怒<ruby>おこ</ruby>ってしまいまして。

娃他西嘎娃魯卡∨他跌斯。資伊歐寇∨帖西馬伊
馬西帖。

6. 算了，都過去了。

いいですよ。終<ruby>お</ruby>わったことです。

伊一跌斯喲，歐娃∨他寇偷跌斯。

7. 不！是我的錯。請原諒。

いいえ、謝(あやま)ります。許(ゆる)してください。

伊一唉，阿呀馬利馬斯。油魯西帖庫達薩伊。

8. 彼此彼此。

こちらこそ。

寇基拉寇叟。

9. 我們從此恢復友誼吧！

これからは仲(なか)よくしましょう。

寇雷卡拉娃納卡有庫西馬修。

10. 對不起，請你原諒。

ごめんなさい。許(ゆる)してください！

勾妹恩納薩伊。油魯西帖庫達薩伊。

11. 怎麼了？

どうしましたか？

豆烏西馬西他卡？

12. 腳踏車不見了。

自転(じてんしゃ)車を失(な)くしました。

集帖恩 謝阿歐納庫西馬西他。

13. 在什麼地方？

どこで？

豆寇趺？

14. 市公所的前面。

区役所の前です。

庫呀庫西有諾馬唉趺斯。

15. 這次原諒你。以後請謹慎小心。

今回は許してあげます。気をつけてください。

寇恩 卡伊娃油魯西帖阿給馬斯。克伊歐資開帖

庫達薩伊。

十一　上網、銀行、郵局

1. 我剛買了電腦。

私はコンピュタを買ったばかりです。

娃他西娃寇恩 僻烏一他歐卡∨他吧卡利趺斯。

2. 我還沒有電腦。

私はまだコンピューターがありません。

娃他西娃馬達寇恩 僻烏一他一嘎阿利馬現。

3. 筆記型電腦比較方便。

ノートコンピューターの方が便利です。

諾一偷寇恩 僻烏一他一諾厚嘎杯恩利跌斯。

4. 在網上可以聽音樂。

インターネットで音楽を聞けます。

伊恩他一內∨偷跌歐恩 嘎庫歐克伊開馬斯。

5. 我想看看我的數位照片。

私のデジタルフォトを見たいんです。

娃他西諾跌集他魯或偷歐米他伊恩跌斯。

6. 這個圖像很可愛。

この画像は可愛いですね。

寇諾嘎濁烏娃卡娃伊跌斯內。

7. 我在網上可以下載文件。

私はインタネットでファイルをダウンロードできます。

娃他西娃伊他一內∨偷跌發伊魯歐達烏恩洛一豆跌克伊馬斯。

8. 你發給我的留言已經收到了。

送信<ruby>そうしん</ruby>しでくれたメッセージガ届<ruby>とど</ruby>きました。

<u>叟烏 西恩西跌庫雷他妹</u> ∨ 謝一集嘎偷豆克伊馬
西他。

9. 我要保存這個電子郵件。

私<ruby>わたし</ruby>はこのメールを保存<ruby>ほぞん</ruby>します。

娃他西娃寇諾妹一魯歐后<u>濁恩</u>西馬斯。

10. 我要把這個電子郵件刪除。

私<ruby>わたし</ruby>はこのメールを削存<ruby>さくじょ</ruby>します。

娃他西娃寇諾妹一魯歐沙庫救西馬斯。

11. 你在用MSN（即時通）啊！

MSNを使<ruby>つか</ruby>っているんですか。

<u>MSN</u>歐資卡 ∨ 帖伊<u>魯恩</u>跌斯卡。

12. 他是我在網上認識的朋友。

彼<ruby>かれ</ruby>はインターネットで知<ruby>し</ruby>り合<ruby>あ</ruby>いになった友達<ruby>ともだち</ruby>
です。

卡雷娃<u>伊恩</u>他一內偷跌西利阿伊泥納 ∨ 他偷某達
基跌斯。

第二章 會話

※　　　※　　　※

1. 請問這兒兌換台幣嗎？

ここで台湾元を 両替できますか。

寇寇跌台灣<u>給伊</u>歐料嘎唉跌<u>克伊</u>馬斯卡。

2. 今天的匯率是多少？

今日のレートはいくらですか。

<u>克油</u>烏諾雷一偷娃伊庫拉跌斯卡。

3. 請問，我能將這些錢換為零錢嗎？

すみません，小銭に交換して下さい。

斯米馬現，寇賊泥<u>寇烏</u> <u>卡恩</u>西帖庫達薩伊。

4. 我的信用卡遺失了。

クレジットカードをなくしました。

庫雷集∨偷卡一豆歐納庫西馬西達。

5. 我在旅行支票上都簽過字。

トラベラーズチュックにはサインがしてあります。

偷拉杯拉一知丘∨庫泥娃沙印嘎西帖阿利馬斯。

6. 兌換支票收手續費嗎？

トラベラーズチュックに替えるのに、手数料
は必要ですか。

偷拉杯拉一知丘∨庫泥卡唉魯諾泥，帖斯流娃黑
伊∨有跌斯卡。

7. 我想寄平信。

普通便でお願いします。

呼資烏 杯恩跌歐內嘎伊西馬斯。

8. 掛號費是多少？

書留の料金はおいくらですか。

卡克伊偷妹諾流烏 克伊恩娃歐伊庫拉跌斯卡。

9. 需要保留這個收據嗎？

配達証明書は保管しておく必要はありますか。

哈伊達資修美休娃后卡恩西帖歐庫喜資有娃阿利
馬斯卡。

10. 請幫我稱一下這封信，是否會超重。

重量オーバーかどうか量ってみていただけ
ますか。

就料歐－吧－卡豆拉卡哈卡∨帖米帖伊他達開馬
斯卡。

11. 請問，這封信什麼時候可以發出？
すみません、この手紙はいつ發送していただけ
ますか。

斯米馬現，寇諾帖嘎米娃伊資哈∨叟西帖伊他達
開馬斯卡。

12. 請問多久時間夠送達。
何日くらいで着きますか。

南泥基庫拉伊跌資克伊馬斯卡。

13. 我要幾張有當地特色的明信片。
この土地の特徵がある葉書を下さい。

寇諾偷基諾偷庫基有嘎阿魯哈嘎克伊歐庫達薩
伊。

14. 請問什麼樣的東西不能郵寄。
どのような物が郵送できませんか。

豆諾有烏納莫諾嘎優叟跌克伊馬現卡？

15. 請問可以在這裏發傳真嗎？

すみません、ここでファックスを送（おく）れますか。

斯米馬現，寇寇跌發ｖ庫斯歐歐庫雷馬斯卡。

16. 請問如何填寫匯款單？

すみません、送金用紙（そうきんようし）はどのように記入（きにゅう）すれ

ばよいのですか。

斯米馬現，叟克伊恩又西娃豆諾又烏泥克伊紐斯

雷吧有伊諾跌斯卡。

17. 能不能說大聲點兒？

もう少（すこ）し大（おお）きな声（こえ）で話（はな）し下（くだ）さいませんか。

某烏斯寇西歐－克集納寇唉跌哈納西庫達薩伊馬

現卡。

18. 對不起，我會講大聲點。

申（もう）し訳（わけ）ありません、もう少（すこ）し大（おお）きな声（こえ）で話（はな）し

ますから。

某烏西娃開阿利馬現，某斯寇西歐－克伊納寇唉

跌哈納西馬斯卡拉。

附錄一　世界各國名稱

中　國	中國 （ちゅこく）	氣油勻庫
美　國	アメリカ	阿妹利卡
英　國	イギリス	伊哥伊利斯
法　國	フランス	呼拉恩斯
日　本	日本 （にほん）	泥后恩
德　國	ドイツ	豆伊資
義大利	イタリア	伊他利阿
西班牙	西班牙 （スペイン）	斯佩伊恩
奧　國	オーストラリヤ	歐－斯偷拉利亞
比利時	白耳義 （ベルギー）	杯魯哥伊－
印　度	印度 （インド）	伊恩－豆
俄　國	ロシア	洛西亞
加拿大	カナタ	卡納他

第三章　會話

206

附錄二　中國省市名稱

上海（しゃんはい）	南京（なんきん）	北京（べきん）	天津（てんしん）
漢口（かんこう）	廣州（こうしゅう）	瀋陽（しんよう）	西安（せいあん）
湖北（こほく）	湖南（こなん）	四川（しせん）	西康（せいこう）
雲南（うんなん）	貴州（きしゅう）	河北（かほく）	河南（かなん）
青島（せいとう）	重慶（じゅうけん）	大連（だいれん）	哈爾濱（はるびん）
江蘇（こうそ）	浙江（せつこう）	安徽（あんき）	江西（こうせい）
福建（ふくけん）	廣東（かうとん）	廣西（かうせい）	山東（さんとう）
山西（さんせい）	陝西（せんせい）	甘肅（かんしゅく）	青海（せいかい）
遼寧（りょうねい）	安東（あんとう）	遼北（りょうほく）	嫩江（どんこう）
興安（こうあん）	熱河（ねつか）	察哈爾（ちゃはる）	蒙古（もうこ）
福州（ふくしゅう）	廈門（あもい）	吉林（きつりん）	松江（しょうこう）
合江（ごうこう）	黑龍江（こくりゅうこう）	綏遠（すいえん）	寧夏（ねいか）
新疆（しんきょう）	西藏（せいそう）	海南島（かいなんとう）	澳門（まかお）
香港（ほんこん）			

附錄三　臺北市街名稱

しんてん 新　店	ヘキたん 碧　潭	まつやま 松　山	まるやま 圓　山
たいほくばし 臺北橋	えんかん 圓　環	たいとうてい 大稻程	ほたりばし 螢　橋
せいもん 西　門	ほくもん 北　門	とうもん 東　門	なんもん 南　門
ようめいざん 陽明山	ぺいとう 北　投	さんじゅうし 三　重　市	りうざんじ 龍山寺
まんか 萬　華	しんこうえん 新公園	はくぶつかん 博物館	どうぶつえん 動物園
しょくぶつえん 植　物　園	ちゅうざんどう 中　山堂	かいじゅうかん 介　壽館	ちゅうさんろ 中　山路
えんべいろ 延平路	しんせいろ 新生路	ちゅうこうろ 忠　孝路	じんあいろ 仁愛路
しんぎろ 信義路	はくあいろ 博愛路	はっとくろ 八　德路	こうらいろ 康定路
ちょあんろ 長安路	みんせいろ 民生路	みんけんろ 民權路	さいなんろ 濟南路
なんかいろ 南海路	てんすいろ 天水路	ていしゅうろ 鄭　州　路	せいとうろ 青島路
ぶしょうかい 武昌街	こうりょうかい 沅陵　街	かんぜんろ 館前路	かいねいかい 懷寧街
ちゅうかろ 中　華路	けんこくろ 建國路	あいこくろ 愛國路	わへいろ 和平路
せいとろ 成都路	こうえんろ 公園路	せいねいろ 西寧路	こうしゅうろ 杭　州　路

しんがいろ	だいあいろ	こうかんろ	だいぎょうろ
辛亥路	大安路	公館路	大業路
だいとろ	しとうろ	ししょうろ	みんぞくろ
大度路	士東路	士商路	民族路
ふくこうろ	こうふくろ	なんしょうろ	じょしゆうろ
復興路	光復路	南昌路	徐州路
たいげんろ	ろすふくろ	しみんだいとう	まつりゅうろ
太原路	羅斯福路	市民大道	松隆路
さいみんろ	ばくさろ	すいえいろ	ないころ
三民路	木柵路	水源路	內湖路
ぶんりんろ	てんぼろ	ちゅうせいろ	めいすいろ
文林路	天母路	忠誠路	明水路
うりゅうろ	きがいろ	なんこんろ	けいこくろ
雨農路	奇岩路	南港路	建國路
きかろ	しょうとくろ	こうようかい	かいふうかい
基河路	承德路	衡陽街	開封街
ちょうさかい	こうめいかい	けいりんかい	りゅうしゅうかい
長沙街	昆明街	桂林街	柳州街
きょうかい	すわとうかい	かんちゅうかい	なんこうかい
貴陽街	汕頭街	漢中街	內江街
ちくかかい	ちょうしゅうかい	りんきんかい	しょうこうかい
迪化街	潮州街	臨沂街	紹興街
かいんかい	かんしゅうかい	じょうしゅうかい	かんかかい
華陰街	甘州街	漳州街	環河街
かびかい	こしんかい	ねいばかい	せんしゅうかい
峨嵋街	牯嶺街	寧波街	泉州街
かさいかい	すいげんかい	きすいかい	
華西街	水源街	歸綏街	

附錄四　中國常用姓氏讀法

【一　畫】 丁(てい) 卜(ほく)

【二　畫】 于(う)

【三　畫】 尹(いん) 仇(きう) 尤(いう) 水(すい) 牛(ぎゅう) 戈(か) 孔(こう)
方(ほう) 王(おう) 毛(もう) 卞(べん)

【四　畫】 古(こ) 左(さ) 史(し) 石(せき) 申(しん) 包(ほう) 白(はく)

【五　畫】 江(こう) 向(こう) 成(せい) 吉(きち) 匡(きょう) 伍(ご) 朱(しゅ) 任(にん) 年(ねん)
牟(む)

【六　畫】 何(か) 阮(ぐん) 吳(ご) 沙(さ) 車(しゃ) 岑(しん) 邵(せう) 宋(そう) 沈(しん)
狄(てき) 巫(ふ) 辛(しん) 杜(と) 全(よ) 李(り) 呂(ろ)

【七　畫】 冷(れい) 汪(わん) 邱(きゅう)

【八　畫】 林(りん) 易(い) 竺(ちく) 杭(かん) 岳(がた) 季(き) 郎(ろう) 郁(いく)
周(しゅう) 居(きょ) 金(きん) 符(ふ) 武(ぶ) 孟(もう) 門(もん)

【九　畫】 胡(こ) 姚(よう) 姜(かん) 范(はん) 韋(き) 相(そう) 祝(しゅく) 候(こう) 洪(こう)
查(な) 帥(すき) 宣(せん) 段(だん) 俞(ゆ) 柳(りゅう) 柴(さい) 柏(はた)

【十　畫】馬 袁 殷 翁 夏 高 耿 倪
荀 秦 陳 陸 師 徐 孫 唐
都

【十一畫】康 許 強 郭 張 曹 莊 商
章 陶 莫 梅 麥 戚 畢 梁
凌 連

【十二畫】馮 舒 傅 賀 游 溫 項 曾
華 黃 喬 盛 焦 隋 湯 程
鄒 惲 屠 童 彭 費 閔 喻
勞

【十三畫】葉 葛 過 賈 虞 裘 董 萬
楊 路 雷 寧 詹

【十四畫】熊 趙 裴 穆 蓋 榮 赫 管
褚

【十五畫】衛 蔡 鄭 齊 臧 滕 鄧 潘
劉 黎 魯 蔣 談 樂 樊

【十六畫】錢_{せん}蕭_{しょう}盧_ろ閻_{えん}

【十七畫】謝_{しゃ}薛_{せつ}繆_{ひう}歸_き龍_{りゅうほく}濮_き魏_{しょう}鍾
戴_{たい}儲_{ちょ}關_{かん}簡_{かん}

【十八畫】瞿_く聶_{てふ}豐_{ほう}韓_{かん}

【十九畫】藍_{くん}譚_{たん}龐_{ぱん}羅_ら藺_{りん}顧_こ

【二十畫】嚴_{げん}蘇_そ礬_{ぼん}

【廿一畫】酈_り

【廿二畫】龔_{きょう}

【雙 姓】司馬_{しば} 司徒_{しと} 諸葛_{しょかつ} 端木_{たんぼく}
上官_{じょかん} 歐陽_{おうよん}

【十六畫】錢 蕭 盧 閻
（せん しょう ろ えん）

【十七畫】謝 薛 繆 歸 龍 濮 魏 鍾
（しゃ せつ ひう き りゅうほく き しょう）
戴 儲 關 簡
（たい ちょ かん かん）

【十八畫】瞿 聶 豐 韓
（く てふ ほう かん）

【十九畫】藍 譚 龐 羅 藺 顧
（くん たん ぱん ら りん こ）

【二十畫】嚴 蘇 礬
（げん そ ぼん）

【廿一畫】酈
（り）

【廿二畫】龔
（きょう）

【雙　姓】司馬　司徒　諸葛　端木
（しば　しと　しょかつ　たんぼく）
上官　歐陽
（じょかん　おうよん）

附錄五　日本常用姓氏讀法

【二　畫】

トラベ	やそかわ	やそじま	やぎ	やしろ	と くうら
卜部	八十川	八十島	八本	八代	十九浦

ととき	ななざと	にのみや	にへい	ひとみ
十時	七里	二宮	二瓶	人見

【三　畫】

うえの	うえだ	おおやま	おおかわ	おおの	おおたけ
上野	上田	大山	大河	大野	大竹

おおくら	おおばやし	おおばた	おおのだ	おおのづか
大倉	大林	大畠	大野田	大野塚

かわべ	かわかみ	かわきた	かわばた	くぼた	こまつ
川辺	川上	川来	川烟	久保田	小松

こじま	こにし	おおいし	おおおか	おおい	おおばし
小島	小西	大石	大岡	大井	大橋

おおじま	おおすみ	おおつき	おおつか	おおた	おおかわ
大島	大角	大槻	大塚	大田	大川

おおこううち	おおかさわら	おおくぼ	かわむら	かわせ
大河内	大笠原	大久保	川村	川瀬

かわさき	くどう	くぼ	くめ	ひさはら	こばやし
川崎	工藤	久保	久米	久原	小林

こやま	こいずみ	こたけ	こいで	おぬき	こいわい
小山	小泉	小竹	小出	小貫	小岩井

こあくつ　小岬　　こくぼ　小久保　　ちあき　千秋　　ちぐさ　千種　　ちよ　千代　　ちよみゃ　千代宮

ひさまつ　久松　　まるおか　丸岡　　みき　三木　　みうら　三浦　　みかめ　三瓶　　めら　女良　　やまき　山木

やました　山下　　やまがた　山県　　やましな　山科　　かわまた　川俣　　ちか　千賀　　しもだ　下田

しもむら　下村　　しもなか　下中　　ちば　千葉　　ちの　千野　　どい　土井　　どい　土肥　　のぎ　乃木

ひじかた　土方　　みやけ　三宅　　みつち　三土　　みつい　三井　　みわ　三輪　　みかみ　三上

やまなか　山中　　やまさき　山崎　　やまうち　山內　　やまだ　山田　　やまぐち　山口　　つちや　山屋

こがねい　小金井

【四　畫】

あまの　天野　　いまづ　今津　　いまい　今井　　いた　井田　　きむら　木村　　きうち　木內　　きのした　木下

きど　木戸　　ごとう　五島　　ごみ　五味　　たんげ　丹下　　とむろ　戸室　　ちゅうじょう　中條

なかむら　中村　　なかじま　中島　　なかやま　中山　　なかつ　中津　　なかお　中尾　　なかがき　中垣　　なかがわ　中川

なかだ　中田　　なかにし　中西　　なかそね　中曽根　　にわ　丹羽　　ひだか　日高　　ひおき　日置

ひゅうが　日向　　いかわ　井川　　うちやま　內山　　うちだ　內田　　うちみ　內海　　おいかわ　及川

きはら　木原　　きまた　木俣　　くさか　日下　　つきおか　月岡　　くさかべ　日下部　　いがらし　五十嵐

比留間　手島　手塚　戸田　戸部　內藤
ひるま　てじま　てづか　とだ　とべ　ないとう

中里　升本　水谷　水上　水野　毛利
なかざと　ますもと　みずたに　みずかみ　みずの　もうり

弓削　友田
ゆさく　ともた

【五　畫】

市川　市河　市瀬　石田　加賀　加藤
いちかわ　いちかわ　いちせ　いしだ　かが　かとう

片山　片桐　甲賀　白井　末弘　田島
かたやま　かたぎり　こうが　しらい　すえひろ　たじま

田代　田子　田中　永見　永井　布川　布井
たしろ　たご　たなか　ながみ　ながい　ぬのかわ　ぬのい

平岡　平野　古川　古谷　本庄　本間
ひらおか　ひらの　ふるかわ　ふるや　ほんじょう　ほんま

正木　目黒　由井　片岡　外山　北条
まさき　めぐろ　ゆい　かたおか　そとやま　ほうじょう

石浜　石川　生野　生田　占部　北川
いしはま　いしかわ　いくの　いくた　うらべ　きたがわ

北村　北澤　古賀　古島　田川　田辺
きたむら　きたざわ　こが　こじま　たがわ　たなべ

田部　田所　田村　田澤　立川　出口
たなべ　たどころ　たむら　たざわ　たちかわ　でぐち

永藤　永田　半田　疋田　平井　平林
ながふじ　ながた　はんだ　ひきた　ひらい　ひらばやし

平尾　古田　古屋　布施　本田　本多　本山
ひらお　ふるた　ふるや　ふせ　ほんだ　ほんだ　もとやま

本木 矢田 矢島 由利 瓜生 辻 左右田
もとき やた やじま ゆり うりゅう つじ そゆた

【六　畫】

有田 有本 有吉 有馬 安西 安藤
ありた ありもと ありよし ありま あんざい あんどう

安達 安孫子 伊藤 伊澤 伊咲 伊丹
あだち あびこ いとう いざわ いぶき いたみ

江藤 江川 江尻 宇佐美 西園寺 西條
えとう えがわ えじり うさみ さいおんじ にしじょう

西郷 汐見 寺中 寺地 成田 成瀬
さいごう しおみ てらなか てらち なりた なるせ

西尾 西垣 羽生 早矢仕 安田 吉川
にしお にしがき はにゅう はやし やすだ よしかわ

吉田 吉澤 米山 米田 米倉 伏見
よしだ よしざわ よねやま よねだ よねくら ふしみ

有島 有賀 有村 冰室 安積 池
ありしま ありが ありむら ひむろ あんぶみ いけ

池田 池山 池園 伊東 宇治 宇野
いけた いけやま いけその いとう うじ うの

宇田川 宇津木 宇垣 江木 江連 江口
うたがわ うつき うがき えぎ えづれ えぐち

吉良 行田 竹内 伊達 寺田 寺島
きら ぎょうた たけうち だて てらだ てらしま

寺内 那須 仲 西田 西川 帆足 光岡
てらうち なす なか にしだ にしかわ ほたり みつおか

向井 牟田 守屋 吉原 吉野 吉井
むかい むた もりや よしはら よしの よしい

<ruby>吉岡<rt>よしおか</rt></ruby> <ruby>米川<rt>よねかわ</rt></ruby> <ruby>庄司<rt>じょうじ</rt></ruby> <ruby>西山<rt>にしやま</rt></ruby>

【七　畫】

<ruby>赤坂<rt>あかさか</rt></ruby> <ruby>赤塚<rt>あかつか</rt></ruby> <ruby>赤木<rt>あかぎ</rt></ruby> <ruby>赤田<rt>あかだ</rt></ruby> <ruby>尾形<rt>おかた</rt></ruby> <ruby>尾上<rt>おのうえ</rt></ruby>

<ruby>尾崎<rt>おざき</rt></ruby> <ruby>折口<rt>おりぐち</rt></ruby> <ruby>呉<rt>くれ</rt></ruby> <ruby>近藤<rt>こんどう</rt></ruby> <ruby>近衛<rt>このえ</rt></ruby> <ruby>佐田<rt>さだ</rt></ruby> <ruby>坂山<rt>さかやま</rt></ruby>

<ruby>里見<rt>さとみ</rt></ruby> <ruby>佐久間<rt>さくま</rt></ruby> <ruby>佐佐木<rt>ささき</rt></ruby> <ruby>谷田<rt>たにだ</rt></ruby> <ruby>谷口<rt>たにぐち</rt></ruby> <ruby>辰己<rt>たつみ</rt></ruby>

<ruby>近田<rt>ちかだ</rt></ruby> <ruby>伴<rt>ばん</rt></ruby> <ruby>村山<rt>むらやま</rt></ruby> <ruby>村上<rt>むらかみ</rt></ruby> <ruby>村井<rt>むらい</rt></ruby> <ruby>赤澤<rt>あかざわ</rt></ruby>

<ruby>吾妻<rt>あずま</rt></ruby> <ruby>足達<rt>あだち</rt></ruby> <ruby>阿部<rt>あべ</rt></ruby> <ruby>阿久津<rt>あくつ</rt></ruby> <ruby>折山<rt>おりやま</rt></ruby> <ruby>沖<rt>おき</rt></ruby>

<ruby>沖田<rt>おきだ</rt></ruby> <ruby>沖野<rt>おきの</rt></ruby> <ruby>忍田<rt>おしだ</rt></ruby> <ruby>君島<rt>きみしま</rt></ruby> <ruby>佐山<rt>さやま</rt></ruby> <ruby>佐川<rt>さがわ</rt></ruby>

<ruby>佐野<rt>さの</rt></ruby> <ruby>坂口<rt>さかぐち</rt></ruby> <ruby>坂本<rt>さかもと</rt></ruby> <ruby>志賀<rt>しが</rt></ruby> <ruby>杉田<rt>すぎた</rt></ruby> <ruby>杉山<rt>すぎやま</rt></ruby>

<ruby>杉本<rt>すぎもと</rt></ruby> <ruby>谷<rt>たに</rt></ruby> <ruby>近岡<rt>ちかおか</rt></ruby> <ruby>近松<rt>ちかまつ</rt></ruby> <ruby>別所<rt>べっじょう</rt></ruby> <ruby>角田<rt>つのだ</rt></ruby>

<ruby>床次<rt>とこなみ</rt></ruby> <ruby>村岡<rt>むらおか</rt></ruby> <ruby>村田<rt>むらた</rt></ruby> <ruby>村越<rt>むらこし</rt></ruby> <ruby>住田<rt>むみた</rt></ruby>

【八　畫】

<ruby>青木<rt>あおき</rt></ruby> <ruby>青山<rt>あおやま</rt></ruby> <ruby>青柳<rt>あおやぎ</rt></ruby> <ruby>青野<rt>あおの</rt></ruby> <ruby>板垣<rt>いたがき</rt></ruby> <ruby>岡田<rt>おかだ</rt></ruby>

<ruby>岡崎<rt>おかざき</rt></ruby> <ruby>岡本<rt>おかもと</rt></ruby> <ruby>岡原<rt>おかはら</rt></ruby> <ruby>河津<rt>かわつ</rt></ruby> <ruby>金山<rt>かねやま</rt></ruby> <ruby>金木<rt>かねき</rt></ruby>

かねこ	こうだ	しょうじ	たけうち	たけべ	たけい
金子	幸田	東海林	武内	武部	武井

ながの	ながやす	ながざき	ながざわ	ぬまた	はが
長野	長安	長崎	長澤	沼田	芳賀

はやし	はっとり	まつだ	まつもと	まつかわ	まつい
林	服部	松田	松本	松川	松井

まつお	まきの	まきせ	むとう	わくい	わき
松尾	牧野	牧瀬	武藤	和久井	和氣

せりざわ	あずま	あくたがわ	いわた	いわき	いわや
芹澤	東	芥川	岩田	岩城	岩谷

いわさき	いたばし	おかや	ながだ	かわい	かさい
岩崎	板橋	岡谷	長田	河井	河西

かわた	かなざわ	かない	かなせ	きしやま	きしだ
河田	金澤	金井	金瀬	岸山	岸田

かわの	たけだ	とうごう	むしゃのこうじ	とうじょう
河野	武田	東郷	武者小路	東條

なみき	ながと	ながお	ぬまかわ	はせがわ	はせべ
並木	長門	長尾	沼川	長谷川	長谷部

はたの	ひだ	ひご	まつだいら	まつい	まつざわ
波多野	肥田	肥後	松平	松居	松澤

まつおか	まつばら	ものずみ	よだ	よしざわ	よしの
松岡	松原	兩角	依田	芳澤	芳野

わだ	たからだ	かねしろ
和田	宝田	金城

【九　畫】

あきやま	あきた	かんだ	かみや	こだま	さがら
秋山	秋田	神田	神谷	兒玉	相良

相馬 相川 相原 重光 重岡 梁谷

財部 津田 保科 保坂 前田 美濃部

室伏 茅野 春日 春日井 郡司 後藤

相澤 指田 信夫 信濃 品川 拓植

南河 煙 英 星野 柳瀬 柳澤

柳川 淺井 淺野 淺田 淺路 淺間

柳田 若山 若井 若林 若尾

【十　畫】

荒木 荒川 浮田 浦野 酒巻 酒井

真田 柴田 島田 高田 高岡 夏目

能勢 能見 納所 原田 桐山 栗田

栗原 栗山 桑田 島崎 島津 高木

高橋 高島 夏川 根岸 根本 根上

根津 原口 馬場 真島 真鍋 真野

宮本 宮武 宮城 宮崎 宮越 宮下
みやまと みやたけ みやぎ みやざき みやごし みやした

宮島 恩田 峰岸 師岡
みやじま おんだ みねきし もろおか

【十一畫】

荻原 板 板田 板原 崎山 笹間
おぎわら かち かちた かちわら さきやま ささま

笹野 笹川 笹岡 副島 鳥居 貫井
ささの ささかわ ささおか そえじま とりい ぬきい

貫名 野崎 野 口野中 野村 野田
ぬきな のざき の ぐちのなか のむら のだ

野間 深尾 深井 深澤 堀井 堀田
のま ふかお ふかい ふかざわ おりい おりた

鹿島 清川 清水 清田 梅島 梅原
かじま きよかわ しみず せいた うめじま うめはら

紺藤 推野 船川 船津 逸見 堀 堀川
こんどう すいの ふなかわ ふなづ いつみ ほり ほりかわ

細井 細川 細田 細谷 間庭 望月
ほそい ほそかわ ほそだ ほそや まにわ もちづき

【十二畫】

飯田 飯野 飯島 飯村 賀集 勝又
いいだ いいの いいじま いいむら かしゅう かつまた

菊池 喜多 須賀 須藤 須山 菅原 菅生
きくち きた すが すどう すやま すがわら すごう

菅野 富田 富永 富樫 富岡 登張
かんの とみた とみなが とみがし とみおか とばり

もり 森　もりざわ 森澤　もりやま 森山　ゆざわ 湯澤　ゆもと 湯本　よしづみ 善積　わたなべ 渡邊

わたべ 渡部　うえだ 植田　かがわ 賀川　かも 賀茂　きじま 貴島　きし 貴志　くろかわ 黑川

くろき 黑木　くろざわ 黑澤　そが 曽我　そね 曽根　たなざわ 棚澤　ちくつ 筑紫

ひした 菱田　ひしかり 菱刈　ふじかわ 富士川　ゆかわ 湯川　ゆはら 湯原　ゆき 湯城

ゆあさ 湯淺　ゆさ 遊佐

【十三畫】

あらい 新井　あらい 新居　しんたに 新谷　あいづ 會津　くすみ 楠見　くすのき 楠木

さかきばら 榊原　さが 嵯峨　つかはら 塚原　とのむら 殿村　なめかわ 滑川　にった 新田

ふくだ 福田　ふくしま 福島　みぞぐち 溝口　みぞぶち 溝淵　えんどう 遠藤　おく 奥　おくひら 奥平

おちあい 落合　かけい 筧　すずき 鈴木　すずか 鈴鹿　そのべ 園部　そのだ 園田　つかだ 塚田

ひぐち 樋口　てるい 照井　よろじ 萬

【十四畫】

えのもと 榎木　おがた 緒方　かのう 嘉納　くまの 熊野　くまがや 熊谷　くましろ 熊城

くぼた 窪田　とくがわ 德川　なるみや 鳴宮　ひろた 廣田　ひろしま 廣島　ひろせ 廣瀬

ひろすえ　せきね
廣末　關根

【十五畫】

しぶや　しぶさわ　ちょうしょ　ますだ　よこやま　よこがわ
渋谷　渋澤　調所　増田　横山　横川

よこた　よこい　よこお　いなば　いなだ　いながき
横田　横井　横尾　稲葉　稲田　稲垣

ますい　みどりがわ　もろぐち　ものと　さいとう　さいき
増井　緑川　諸口　諸戸　齊藤　齊木

【十六畫】

はしもと　たての　かしむら
橋本　館野　樫村

【十七畫】

しのだ　しのはら　ぬかた　ぬかや　はまだ　はまの
篠田　篠原　額田　糠谷　濱田　濱野

はませ　ほづみ　いそや　いそべ
濱瀬　穂積　磯谷　磯部

【十八畫】

とよだ　せがわ　おた
豊田　瀬川　織田

【十九畫】

ふじた　ふじもと　ふじい　ふじむら　ふじの　ふじわら
藤田　藤本　藤井　藤村　藤野　藤原

とうどう
藤堂

【二十畫】

たきざわ　たきとう
瀧澤　瀧藤

【廿一畫】

さくらい
櫻井

【廿三畫】

わしお　わしみ
鷲尾　鷲見

【廿五畫】

しおの　しおや　しおばら
鹽野　鹽谷　鹽原

（鹽＝塩）

國家圖書館出版品預行編目資料

日本話無師自通／蔡依穎主編
－初版－臺北市，大展，民 99.01
面；21 公分－（語文特輯；3）
ISBN 978-957-468-723-7（平裝）
1. 日語　2. 讀本
803.18　　　　　　　　　　　98020668

日本話無師自通　　ISBN 978-957-468-723-7

主 編 者／蔡　依　穎
發 行 人／蔡　森　明
出 版 者／大展出版社有限公司
社　　　址／台北市北投區（石牌）致遠一路 2 段 12 巷 1 號
電　　　話／(02) 28236031・28236033・28233123
傳　　　真／(02) 28272069
郵政劃撥／01669551
網　　　址／www.dah-jaan.com.tw
E-mail／service@dah-jaan.com.tw
登 記 證／局版臺業字第 2171 號
承 印 者／傳興印刷有限公司
裝　　　訂／建鑫裝訂有限公司
排 版 者／千兵企業有限公司
初版 1 刷／2010 年（民 99 年）1 月

定　價／200 元

大展好書　好書大展
品嘗好書　冠群可期

大展好書　好書大展
品嘗好書　冠群可期

日本話

無師自通

大展好書　好書大展

978-957-468-723-7　(803.18)

00200

9 789574 687237

09003　　售價200元